Andrea Maurutto

Rosmunda

Romanzo storico

MNAMON

Ai miei angioletti pelosi
ovunque essi siano.

Portogruaro - San Mauretto
31 maggio 2006

Quella mattina la sveglia suonò alle sei in punto. Alvise era già desto da un pezzo. Si alzò velocemente dal letto senza indugiarvi e chiamò sua madre, che stava ancora dormendo nella stanza attigua alla sua: «Mamma, sveglia. Sono le sei!»

Sceso in cucina, Alvise mise subito sul fuoco la moka e spalancò gli infissi della grande porta finestra, che dava sulla piazza di Portogruaro, respirando l'aria fresca del mattino.

In quel momento solo i colombi animavano quello squarcio di centro storico, mentre dei rumori indistinti e un delizioso profumo di brioche provenivano dal bar sottostante.

Alvise era ancora un po' frastornato a causa della recente scomparsa della nonna e delle forti emozioni vissute nei giorni precedenti.

Dopo una lunga vita durata 100 anni, sua nonna Lucia era morta serenamente nel suo letto, circondata dai suoi cari e dagli oggetti che raccontavano la sua storia.

Era nata all'inizio del Novecento a Ceggia e, ragazzina, si era trasferita con la famiglia a San Mauretto in fuga dalle truppe austriache nei terribili anni del primo conflitto mondiale. A 22 anni aveva sposato un giovanotto del posto, si era trasferita a vivere con lui e la sua numerosa famiglia e pochi mesi dopo era diventata madre del primo dei suoi nove figli. Rimasta vedova in tarda età, non aveva mai accettato di lasciare la sua casa, rifiutando l'offerta della madre di Alvise di trasferirsi con loro a Portogruaro.

Mentre aspettava che la mamma fosse pronta, Alvise ripensava alle esequie della nonna, celebrate il giorno prima. La chiesa era piena di gente, i paesani vi avevano partecipato con molta commozione, rendendo il momento un po' meno doloroso. Al campo santo, poi, la bara era stata sistemata nella tomba di famiglia, trasformatasi in una serra tanti erano i fiori e il tripudio dei loro colori.

Alvise e la madre avevano deciso di dedicare quella giornata, successiva al funerale, al riordino della casa della nonna. Andava fatta una cernita delle cose da conservare e di quelle da buttare, prima di mettere in vendita l'immobile.

Poco più di un'ora dopo il loro risveglio, madre e figlio si trovavano già a casa della compianta genitrice.

Rientrare in quella vecchia dimora e non trovarvi la nonna, seduta sulla sua logora poltrona, era ancora una cosa strana e difficile da accettare.

«Io comincio dalla camera da letto,» disse la madre ad Alvise, «così nel pomeriggio, prima di rincasare, portiamo i vestiti buoni della nonna all'ospizio, dove ci sono tanti vecchietti bisognosi.»

Alvise, invece, decise di partire dalla soffitta.

La casa era un antico casale disposto su tre piani con stalla annessa, costruito prima del XVIII secolo in mattoni e sassi del Tagliamento, sulla cui facciata un ignoto pittore settecentesco aveva realizzato, forse in cambio di un tozzo di pane e un giaciglio pulito su cui dormire, un affresco raffigurante la Madonna e il Bambino Gesù adorati da sant'Antonio da Padova, al quale la nonna era particolarmente devota.

Le scale, che conducevano dal piano mediano alla soffitta, erano scricchiolanti, ma ancora abbastanza sicure; alla ringhiera di protezione, invece, era meglio non appoggiarsi tant'era traballante.

Entrando nell'ampio locale mansardato, Alvise indugiò sulla porta, aspettando che i suoi occhi si abituassero a quel buio impenetrabile. Gli sembrava, però, di distinguere dei puntini luminosi nell'oscurità e pensò che potessero essere gli occhi spauriti e curiosi di qualche topolino.

Estratta dalla tasca dei jeans una torcia elettrica, inondò con un fascio di luce una buona parte della soffitta. Si diresse verso le finestre e le spalancò tutte, facendo entrare la luce del sole e l'aria mattutina.

Come ogni soffitta che si rispetti, anche quella della nonna era un coacervo di tante cose: vecchi mobili, sedie sgangherate, cornici appese storte lungo le pareti, assi di legno e malconci bauli; il tutto ammantato da una spessa coltre di polvere e ragnatele.

Non sapendo dove mettere le mani per dare inizio al riordino, si chinò sul baule che gli era più prossimo. Era di buona fattura e pensò che, debitamente restaurato, avrebbe fatto la sua bella figura nel salotto della casa di Portogruaro.

Lo aprì con molta cautela e senza alcuno sforzo, poiché nessun lucchetto o catena ne sigillava il contenuto. All'interno vi erano delle vecchie lenzuola di canapa, ingiallite dal tempo, con delle semplici iniziali ricamate: *LM* erano proprio quelle della nonna; forse quei teli erano vestigia del suo corredo nuziale.

Alvise stava per richiudere il baule, quando si accorse che fra le lenzuola, ancora accuratamente piegate, c'era qualcosa: si trattava di un plico di fogli manoscritti, all'apparenza vecchissimi, non rilegati e tenuti insieme da un cordoncino rosso che si sbriciolò al primo tocco, e di un altrettanto vetusto libro – le epistole di san Paolo in francese –, riportante una nota di possesso molto particolare e che Alvise non seppe interpretare: *A. R. The Moost Happi*.

Il ragazzo, che all'università aveva studiato anche Paleografia latina, si rese immediatamente conto che la scrittura del manoscritto non era recente. Anche se la decifrazione non sarebbe stata facile, la lettura di quelle pagine non poteva essere procrastinata!

Raggiunse, quindi, una delle finestre, si sedette sul davanzale e si immerse in quel fiume di parole, che riemergevano da un passato lontano.

San Mauretto

15 maggio 1580

Ieri era il mio compleanno. Ho compiuto 101 anni e, grazie a Dio, sono ancora in buona salute. Nonostante tutto, non posso non ricordare a me stessa che la morte mi sta alle costole e che, da un momento all'altro, anche l'ultimo alito di vita potrebbe abbandonare il mio corpo. Non voglio morire senza prima aver lasciato in questo mondo una testimonianza della mia esistenza; la mia fama di strega non sarà sufficiente a perpetuare il mio ricordo alle generazioni future e comunque la mia vita non è stata solo questo.

Le pagine, su cui sto scrivendo queste parole, sono state strappate dall'erbario, che mia nonna mi ha lasciato in eredità molti anni fa, perché potessi beneficiare delle sue conoscenze sulle piante medicinali nell'aiutare i bisognosi. Anche lei era una strega e per me il suo ricordo e i suoi insegnamenti sono sempre stati dei fari, che hanno illuminato i momenti bui della mia esistenza.

Rosmunda

San Mauretto
Maggio 1479 - Gennaio 1495

Venni alla luce nel fienile della vecchia casa paterna il 14 maggio 1479. Era notte e faceva piuttosto freddo, anche se era primavera inoltrata.

Mia nonna Caterina sorreggeva il capo di mia madre, cercando di aiutarla come meglio poteva, mentre la levatrice Gioseffa la incoraggiava agli ultimi sforzi. Non appena emisi i primi vagiti, mia madre spirò a causa dello sforzo tremendo e di un'inarrestabile emorragia. A nulla valsero i tentativi di rianimazione della levatrice e le urla di supplica al cielo di mio padre e di mia nonna.

Non serbo particolari ricordi della mia prima infanzia, trascorsa comunque serenamente, se non uno dolorosissimo, dal quale successivamente dipesero tutti gli accadimenti positivi e negativi della mia lunga esistenza: la tragica morte di mio padre e di mia sorella Isabella. Se le cose non fossero andate in quel modo, avrei probabilmente condotto una vita monotona e priva di colpi di scena.

Era il giorno del mio settimo compleanno e, per l'occasione, mio padre aveva promesso a me e a mia sorella di portarci a nuotare e a giocare sulle rive del Tagliamento, che scorre nei pressi del nostro borgo, al di là dell'argine.

Era una mattinata fantastica: il cielo limpido, l'aria pulita e fresca, le primule rigogliose sul manto erboso dell'argine e l'acqua del fiume appena tiepida e immacolata.

Non perdemmo tempo e ci tuffammo subito in acqua, rabbrividendo al primo impatto. Le nostre membra, però, si abituarono subito al timido tepore dei flutti.

La mattinata passò velocemente tra tuffi e schizzate d'acqua: io e mia sorella ci eravamo trasformate in ninfe del fiume, tanto era bello il legame che ci univa a quelle acque. Fui io la prima a ritornare a riva, perché ci tenevo a rivestirmi solo dopo essermi asciugata per bene.

Stavo strizzando i miei capelli, quando mi accorsi che Isabella agitava le braccia in modo strano. Non mi ci volle molto tempo per capire che era in difficoltà, così urlai per cercare di attirare l'attenzione di mio padre, intento in quel momento a catturare un pescione, rimasto fatalmente intrappolato in una delle tante pozzanghere, che si formano quando il fiume indietreggia di qualche passo.

Dopo avermi intimato di non muovermi per alcuna ragione, mio padre si tuffò in acqua nel tentativo di raggiungere Isabella, che ormai era stata inghiottita dalla corrente.

Quella fu l'ultima volta in cui li vidi. Non riemersero più da quelle acque, che fino a pochi istanti prima ci erano state amiche e compagne di gioco.

Restai immobile per molto tempo, continuando a fissare il punto in cui avevo visto scomparire i miei cari e sperando inutilmente di vederli riemergere sani e salvi. Mi allungavo, restando in equilibrio sulla punta dei piedi, per cercare di cogliere qualche elemento in più. Il cuore mi batteva all'impazzata nel petto, un sudore freddo mi imperlava la fronte e le unghie, chiuse nel pugno della mano, erano penetrate nel palmo senza provocarmi dolore.

In quello stato fui trovata alcune ore dopo da mia nonna. In preda al più atroce dei sospetti, mi supplicò di raccontarle cosa fosse successo e perché mi trovassi lì da sola.

Farfugliai qualche parola priva di senso, prima di scoppiare in un pianto a dirotto e liberatorio, perché la paura era finita: la mia età ancora puerile, infatti, non mi permetteva in quel momento di partecipare emotivamente alla tragedia dei miei cari, ma solo di rallegrarmi dell'arrivo della nonna, che mi avrebbe coccolato e riportato a casa.

Lungo il breve tragitto dalle rive del fiume a casa, la nonna non proferì verbo. L'angoscia le soffocava le parole in gola.

Giunti sull'aia domestica, chiamò Lucrezia, la nostra anziana vicina, chiedendole di andare ad avvisare con urgenza il parroco e di radunare qualche uomo forte e coraggioso.

Tre giovani aitanti, lasciato il lavoro nei campi, cominciarono subito le ricerche di mio padre e di mia sorella, purtroppo senza risultato, mentre il parroco, riluttante a darci soccorso a causa della nomea di strega di mia nonna, si fece vivo solo nel tardo pomeriggio, promettendoci frettolosamente e freddamente le sue preghiere per il ritrovamento dei cadaveri.

Ciò non accadde: il Tagliamento fu la loro tomba e ancora oggi, quando mi reco su quella riva a pregare per la salvezza delle loro anime, immagino i loro corpi incorrotti dolcemente adagiati sul fondale e stretti in un caloroso abbraccio.

* * *

Rimaste sole al mondo, io e la mia anziana nonna fummo costrette a rimboccarci le maniche, perché l'esistenza di due donne sole, una vecchia e l'altra troppo giovane, non si prospettava certo rosea. Io avevo solo sette anni, ma la mia vita era già così travagliata che in paese tutti provavano tenerezza e compassione per me.

Dopo un po' di tempo, comunque, la nostra esistenza riprese con una certa regolarità. Io aiutavo con impegno la nonna nelle faccende domestiche, mentre lei mi insegnava segretamente a leggere e scrivere, mi trasmetteva le sue conoscenze erboristiche e aiutava i paesani con i suoi medicamenti e intrugli.

Erano in molti a rivolgersi a lei, anche dai paesi limitrofi, perché la sua bravura era ampiamente comprovata. Anche il vescovo di Concordia ebbe modo di sentirne sul suo conto e, in occasione di una visita pastorale a San Giorgio, volle conoscerla. L'atteggiamento del vescovo, condizionato forse dalle parole del prete del paese, fu più denigratorio e inquisitorio che di lode, ma la nonna non ne fu intimorita.

Diversi anni dopo, durante una delle nostre consuete chiacchierate serali davanti al fuoco del camino, mi raccontò che il vescovo le aveva anche chiesto se temesse la Santa Inquisizione e che lei gli aveva risposto garbatamente di no: «Chi opera nel giusto non deve temere alcunché, perché Dio protegge chi lo fa.»

Questo motto mi ha dato sempre molta forza di volontà, anche quando io stessa fui vittima dell'accusa di stregoneria, che mi piombò addosso all'improvviso e inaspettatamente, come un macigno staccatosi da una montagna.

* * *

Gli anni della mia infanzia e adolescenza trascorsero con quotidiana pacatezza, senza ulteriori sconvolgimenti in seguito alla morte dei miei genitori e di mia sorella, ma certamente non privi di ristrettezze, miseria e sporadiche accuse di sortilegi e fatture contro mia nonna.

Era l'inverno del 1495, quando, nel corso di una notte gelida e nevosa di fine gennaio, mia nonna morì.

Nel momento in cui esalò l'ultimo respiro, presi coscienza di essere rimasta sola al mondo.

Restai per ore a vegliare le rinsecchite membra di mia nonna, che ormai ultraottantenni avevano subìto il passare del tempo in maniera evidente: profonde rughe le solcavano il volto, grosse vene violacee emergevano dalle scarne e nodose mani e le labbra, un tempo carnose e rosee, erano smunte e raggrinzite.

Alle prime luci dell'alba, incaricai un ragazzo del borgo di avvisare il prete, che non si fece attendere più del dovuto.

Don Biagio, giovane sacerdote che da poco si era insediato in parrocchia, arrivò fradicio a causa della neve, che quel giorno cadeva copiosa; benedisse la salma di mia nonna e sostò a lungo in preghiera al suo capezzale; poi si rivolse a me, avvertendomi che nel primo pomeriggio ci avrebbe atteso nella piccola chiesa di San Mauretto per celebrare il rito funebre e che un paesano di sua fiducia sarebbe passato con un carro per trasportare il feretro nel breve tragitto.

Aiutata da alcune pie donne della borgata, dopo averlo accuratamente lavato e profumato con acqua di lavanda, adagiai il povero cadavere all'interno di una cassa di legno malconcia, che la nonna teneva in soffitta e in cui riponeva oggetti inutili, ma dai quali non si era mai voluta separare. Poi mi occupai personalmente di sistemare la sua salma: le raccolsi con cura i radi capelli, le fasciai il capo con uno scialle ricamato, che la nonna indossava solo quando andava in chiesa, le lavai dolcemente mani e piedi; infine le misi fra le dita un vecchio e consunto rosario, a cui in vita era stata molto affezionata, perché venne regalato a mia madre da un vecchio frate di Portogruaro in occasione di una sua visita alla chiesa di San Cristoforo.

Affaccendata com'ero, non mi accorsi del passare delle ore, fino a quando non bussarono alla porta per prelevare il mesto carico.

Gli uomini di fiducia di Don Biagio sigillarono la bara lungo i lati con dei chiodi e uscirono portandola sulle spalle.

Seguii il carro funebre in compagnia di poche persone, mentre buona parte di coloro, che negli anni erano venuti a cercare l'aiuto di mia nonna, restarono nelle loro case, temendo che fosse compromettente partecipare al funerale di una presunta strega.

Il rito funebre durò poco, anche se a me parve interminabile; dopodiché la nonna venne sepolta nel piccolo cimitero del borgo, reso quasi indistinguibile dalla pesante coltre di neve, che ricopriva tutto il paesaggio circostante.

Una volta fatto ritorno a casa, dopo tanti anni di serenità, mi ritrovai a rifare i conti con la mia vita: ne incominciava un nuovo capitolo e questa volta nessuno avrebbe vigilato alle mie spalle e orientato i miei passi.

Per chiarirmi le idee, decisi che la cosa migliore da fare fosse quella di riordinare la casa da cima a fondo. Cominciai dalla soffitta, dove avevo lasciato alla mercé dei topi il contenuto della cassa usata come bara per la nonna.

Nonostante la profonda ammirazione per la mia vecchia progenitrice e il dolore per la sua assenza, che in quel momento mi avrebbe fatto disperatamente aggrappare ad ogni suo ricordo, decisi di eliminare senza rimpianti ogni cosa inutile di quel polveroso mucchio di cianfrusaglie. C'erano vecchie stoviglie arrugginite, alcune schegge di uno specchio andato in frantumi chissà da quanti anni, una statuetta acefala di legno raffigurante la Madonna e un vecchio libro di preghiere, la cui consunzione ne rendeva praticamente impossibile la lettura.

L'indomani, come prescrive la saggezza popolare, avrei gettato le schegge dello specchio nel fiume nel tentativo di tenere lontana la sfortuna dalla mia casa, mentre senza ulteriori indugi consegnai alle fiamme del camino la statuetta e il vecchio libro, dal quale un attimo prima era scivolato un foglio di carta, ripiegato più volte su se stesso.

Aprendolo, scoprii che si trattava di una lettera di mia nonna Caterina, datata 30 marzo 1491: era dunque stata scritta quattro anni prima e, la data lo confermava, nel periodo in cui era stata costretta a letto da un malessere che le aveva impedito di reggersi in piedi. Forse temendo che fosse giunta l'ora estrema, visto che nessuno dei suoi intrugli aveva sortito alcun effetto e le forze erano tornate solo dopo tanto forzato riposo, si era convinta a scrivere quelle parole:

Cara Rosmunda,

mia diletta e affezionata nipote. Probabilmente nel leggere queste righe riaffiorerà nella tua mente il ricordo della tua vecchia nonna, che sente di essere giunta alla fine dei suoi giorni. Da alcuni anni ho passato l'ottantina, per cui non posso lamentarmi: ho già vissuto abbastanza, più della mia unica figlia, morta dandoti alla luce, più di tuo padre e di tua sorella Isabella e più dei miei genitori che, come ti ho raccontato tante volte, morirono tragicamente quando io avevo solo nove anni. Non ho rimpianti nella mia vita, né per il passato né per il presente, perché la certezza di aver sempre operato secondo coscienza mi dà gioia e serenità. L'eredità, che ti lascio, non è però facile: sarai per sempre bollata come la nipote di una strega! Ma ricorda, nipote mia, che di questo devi andarne fiera. Per tutta la vita, ho usato i poteri, che il buon Dio ha voluto concedermi nella sua infinita misericordia, per fare del bene, rifiutando denaro, corruzione e lussi, che in tanti mi offrirono. Nel baule della mia camera, troverai un erbario: usalo! Ti aiuterà nella scelta delle piante da coltivare e da raccogliere per preparare i vari medicamenti. Dà a tutti con cuore e generosità, non serbare odio, anche se molti di coloro che aiuterai ti ripagheranno con la loro irriconoscenza. Tieni sempre vive nella tua mente queste mie parole e spero con tutto il mio vecchio e stanco cuore che possano esserti di conforto nei momenti bui e di sostegno negli anni a venire, quando non potrai più contare sulla mia protezione e sui miei consigli.

"Aliquando enim et vivere fortiter facere est".

Ti abbraccio e ti stringo al mio petto.

Tua nonna Caterina

L'indomani, di buon'ora, mi recai al cimitero per far visita alla tomba della nonna. In quella stagione dell'anno non c'erano fiori, così vi deposi una ghirlanda di pungitopo, che avevo intrecciato la notte precedente, meditando sulle parole della lettera.

Restai in quel luogo a lungo, vagando tra le sepolture e meditando sulla fugacità della vita. In quel lembo di terra, da generazioni venivano sepolti uomini e donne, vecchi e giovani, buoni e cattivi, e disperse qua e là c'erano anche le ossa, o ciò che ne restava, dei miei antenati. Tante persone, che erano vissute senza lasciare memoria del loro passaggio, che avevano sofferto, gioito, cantato, pianto, pregato, bestemmiato e di cui non restavano che frammenti inanimati senza nome. Tutto si appiattiva e perdeva di significato nella dimensione della morte: una volta che il corpo si era ricongiunto alla terra, da cui era stato generato, il cerchio si chiudeva e le speranze, le ambizioni, gli affetti e gli affanni terreni di colpo non erano più.

Quando mi ridestai da quei pensieri, sentii che nel profondo del mio animo qualcosa era mutato. Cominciavo forse a realizzare che mia nonna non sarebbe mai più tornata e che di lei non mi restavano che gli insegnamenti e il caro ricordo.

Continuando a meditare sulla miseria umana, mi avviai verso casa, quando, giunta nei pressi della locanda di Menego, un giovane mi fermò chiedendomi se sapessi quanta strada lo separasse ancora da Aquileia, ove era diretto per sbrigare delle faccende molto delicate, ma non urgenti, per conto del suo padrone.

Sulle prime non seppi come reagire di fronte a quel ragazzo, che senza troppo garbo aveva attaccato bottone, ma alla fine decisi che potevo fornirgli le informazioni richieste; congedandolo, gli raccomandai di fare attenzione alle numerose compagnie di briganti, che si annidavano nei boschi e nei tuguri disabitati, peraltro numerosi lungo la via per Aquileia.

Stavo per voltarmi e riprendere il breve tragitto fino a casa, quando all'improvviso e di nuovo senza le dovute maniere mi trattenne, afferrandomi per un braccio.

«Madonna, non potete andarvene,» mi disse, «senza prima avermi detto il vostro nome.»

«Messere,» gli risposi, «ardite sapere troppe cose sul mio conto e i vostri modi sono a dir poco irriverenti; dopotutto io non vi conosco e non conosco qualcuno che vi conosca! Pretendete che, dopo esserci scambiati solamente qualche parola, vi dica chi io sia? È davvero poco cortese da parte vostra.»

Detto questo, scappai, ma con la nitida sensazione che il bel moro sarebbe ritornato sui miei passi.

Appena rientrata a casa, cominciai a ripensare alle parole e alla sfrontatezza dello sconosciuto, ma soprattutto al fatto che mi avesse chiamata Madonna. Prima di allora, nessuno mi aveva mai dato un simile appellativo. Confrontai i suoi modi rozzi con il suo linguaggio forbito. Doveva essere sicuramente di umili natali, ma la vicinanza a persone d'alto rango gli aveva forse permesso di migliorarsi.

Fui strappata ai miei pensieri dal suono della campana della chiesa, che annunciava il vespro.

Mi resi così conto di aver perso tutta la giornata, restando con la testa fra le nuvole, e che in me si era fatta strada una sensazione, che prima di allora non avevo mai provato: avevo la strana e vergognosa percezione che il bel moro cominciasse a mancarmi. Provai orrore per quel sentimento, che contro la mia volontà continuava a crescermi dentro, assillandomi. Cercai di mantenere la calma, mi dissi di non essere sciocca e m'imposi di non pensare più ai suoi occhi profondi, causa principale del mio incantamento. Fallii nel mio intento, passando l'intera nottata a precipitare negli abissi del suo sguardo.

San Mauretto - San Stino
Aprile 1495

Erano passati ormai più di tre mesi dalla morte della nonna e la mia vita aveva ripreso lentamente i suoi ritmi.

Con il disgelo dell'inverno e l'arrivo della primavera, mi ero accorta che il tetto della casa e alcune assi del pavimento del solaio avevano bisogno di manutenzione. Così, in una limpida e fresca mattina di maggio, misi uno scialle sulle spalle e mi incamminai verso Santa Sabata, dove viveva un uomo che, più che un falegname, era un artista del legno.

Giunta nei pressi della sua abitazione, mi resi conto che qualcosa di brutto stava turbando la tranquillità di quella umile ma onesta famiglia. Dalla casa del falegname, infatti, provenivano le urla strazianti di un uomo.

Mi avvicinai lentamente al cortile, in preda ad una devastante agitazione, quando all'improvviso la nera figura di una donna molto anziana uscì dalla porta di casa seguita da una giovane donna, che teneva un neonato tra le sue braccia.

«Nonna» bisbigliai, mentre una vampata di terrore mi percorreva tutto il corpo.

Chiusi gli occhi e, quando li riaprii un istante dopo, davanti a me non c'erano più quelle inquietanti figure.

In compenso, però, le urla sentite precedentemente ripresero a straziare i miei timpani. Incerta su cosa dovessi fare, restai esitante sull'uscio di casa e fui salvata dall'arrivo di Donna Maddalena, domestica del parroco, allarmata dai vicini.

Di primo acchito, cercai di impedirle di entrare, perché volevo prima raccontarle quanto avevo appena visto, ma la disperazione scolpita sul suo volto mi fece gelare il sangue nelle vene.

Mi accontentai di seguirla in silenzio. Salimmo velocemente le scale, che dall'ingresso portavano al sottotetto, e all'improvviso ci si parò davanti una scena terribile.

Il buon Nando, falegname dalle mani d'oro, era infatti inginocchiato a terra e tra le braccia teneva amorevolmente stretto a sé il corpicino senza vita del figlio. Al suo fianco, distesa sul pagliericcio, anche la moglie aveva smesso di vivere. In un angolo della stanza, invece, la levatrice assisteva impotente e inerte alla disperazione di un uomo che aveva perduto la propria famiglia e con essa la voglia di vivere.

Sulle prime restai impietrita sulle scale ma, una volta ritrovata tutta la mia forza d'animo, decisi di intervenire: tentai di scuotere l'uomo, che a causa del forte dolore stava impazzendo.

Mi allontanò da sé con rabbia e imprecò contro Dio per avergli dato una prova così insopportabile.

Tentai una seconda volta di scuoterlo dal suo dolore, ottenendo maggiori risultati. Mi guardò, infatti, con occhi imploranti e mi chiese di riportare in vita i suoi cari: «Sei una strega,» mi incalzò, «fallo, te ne prego. Ti darò in cambio la mia anima.»

Se in quel momento una spada arroventata mi si fosse conficcata in un occhio, probabilmente non avrei provato alcunché, tanto era lo stupore che la frase pronunciata da Nando aveva suscitato in me.

Continuò a lungo a fissarmi implorante, ma senza più proferir parola, come anch'io decisi di fare.

Dopo quasi tre ore, arrivarono due uomini con un carro, trainato da un cavallo, su cui era adagiata una bara vuota e, dietro a loro, a grandi passi arrivò il prete.

La levatrice e Maddalena sistemarono le salme, il prete si curò delle loro anime, mentre alcuni vicini di casa, giunti nel frattempo, si presero cura del buon Nando che, ormai afono a causa delle laceranti urla emesse, vegetava in uno stato confusionale.

Rincasai nel tardo pomeriggio con il cuore traboccante di dolore, tristezza e malinconia, dopo aver trascorso l'intera giornata a casa del falegname.

L'indomani la bara contenente madre e figlio venne interrata nei pressi della chiesetta di quella borgata, dedicata a Santa Maria in Sabato, mentre il povero Nando partì per un viaggio senza ritorno: fu, infatti, internato in un ricovero per matti a Venezia, dove solo dopo poche settimane sarebbe morto obnubilato dalla follia e stremato da una feroce febbre malarica.

* * *

L'immagine di mia nonna, che usciva dalla casa del falegname seguita da una giovane donna e il suo bambino, mi tormentò per parecchi giorni. Mi convinsi che, senza ombra di dubbio, il suo spirito fosse temporaneamente tornato dall'oltretomba per accompagnarvi due anime innocenti che si erano rese a Dio.

Perché Dio, che è buono e misericordioso, aveva permesso che due sue creature morissero così prematuramente?

Non avevo ancora finito di formulare quel pensiero, quando mi riaffiorò alla mente l'eco di parole lontane, che mia nonna mi rivolse nella tragica circostanza della morte di mio padre e mia sorella: «Non chiederti perché l'Altissimo chiami a sé una persona, quando è ancora nel fiore degli anni, ma invidiala perché agli occhi di Dio è già pronta per sedere al suo fianco.»

In quell'istante, mi resi anche conto che da molto tempo non rievocavo più l'immagine dei miei cari e questo mi fece avvertire un pungente senso di colpa.

Fuori, uno splendido sole primaverile allagava di luce il piccolo borgo di San Mauretto. Uscii di casa e mi precipitai sul luogo dove, nove anni prima, si era consumata la tragedia di mio padre e di mia sorella. Dovevo parlare con loro e scusarmi di aver permesso che il loro caro ricordo sbiadisse nella mia mente.

Era da poco passato mezzogiorno e, insolitamente, la riva del fiume era deserta; di solito, a quell'ora e in quella stagione, avrebbe dovuto essere affollatissima di lavandaie, pescatori e bambini gioiosi. Sulla sponda opposta, invece, c'erano solo due donne, intente a risciacquare con cura il loro bucato.

Interpretai la desolazione del luogo come un segno del destino: in quel contesto ameno, infatti, sarei riuscita a pensare ai miei cari con maggiore raccoglimento.

Mi sedetti sul tronco di un albero, che sembrava essere stato abbattuto di recente e dalla cui corteccia, qua e là, spuntavano degli impavidi succhioni, che lottavano per sopravvivere; la silenziosa agonia di quel gigante di legno mi trasmetteva molta tristezza e mi portava a riflettere su quanto l'umanità fosse sorda e cieca di fronte alla sofferenza delle altre creature.

Chiusi gli occhi e, al cospetto delle impetuose acque del Tagliamento, rievocai quella lontana mattina del 14 maggio 1486, quando il fiume mi privò dell'affetto di mio padre e di mia sorella. Immaginai i loro corpi, adagiati sul letto del fiume, pacatamente addormentati, come sotto l'effetto di un incantesimo. Quanto avrei voluto, in quel frangente, raggiungerli e restare là sotto con loro per sempre, ma la realtà mi richiamava alla crudezza della vita, in cui sogni e desideri sono vane illusioni di una fugace felicità.

All'improvviso, delle urla supplicanti aiuto attirarono la mia attenzione; provenivano dall'adiacente boschetto.

Aperto un varco tra i cespugli, cominciai ad inoltrarmi nel fitto della vegetazione, seguendo la direzione da cui mi sembrava di sentir provenire quello strepito. Da un momento all'altro, il suono, che guidava i miei passi, tacque e inghiottita da quelle minacciose fauci vegetali mi sentii in preda ad un forte senso di panico.

Mi sovvenne che il luogo, in cui mi trovavo, era quello che in paese tutti dicevano essere maledetto, perché si raccontava che molti anni prima fossero stati massacrati tre bambini di sesso maschile e sei anni d'età nella speranza di annullare un maleficio, scagliato da Lucifero in persona. Da quel giorno, sempre secondo la leggenda, le loro anime vaganti e senza riposo infestavano il bosco e nel 666° anniversario della loro morte sarebbero rientrate in possesso dei loro corpi mortali e avrebbero preteso vendetta. Il fatto era accaduto circa duecento anni prima e, quindi, dei calcoli veloci mi rassicurarono che quello non fosse il momento in cui si sarebbero risvegliati. Il terrore continuava, comunque, ad attanagliare le mie membra, anche perché i vecchi del paese avevano sempre diffidato di quel bosco, pur essendo il giorno della presunta vendetta ancora lontano. Mi convinsi così che le urla sentite fossero frutto di un inganno perpetratomi dai tre marmocchi lì trucidati.

Girai le spalle alla fitta e inquietante vegetazione, determinata a ritornare sui miei passi e possibilmente fuori dal bosco, quando le urla ripresero con rinnovata vigoria.

Per un attimo fui combattuta tra la volontà di uscire all'aria aperta e la curiosità di scoprire da dove e da chi provenissero quei lamenti, ma alla fine quest'ultima ebbe la meglio.

Cominciai anch'io ad urlare, nella speranza che dall'altra parte ci fossero richieste più precise. Continuando a correre, arrivai ad una radura, al cui centro cresceva una quercia solitaria: era completamente priva di foglie, corrosa dal tempo e sui suoi rami rinsecchiti neppure gli uccelli si posavano più.

Ai piedi dell'antico ma ancora imponente scheletro arboreo, c'era un enorme blocco di marmo – sembrava un altare, forse una mensa sacrificale – su cui si trovavano sparpagliate delle ossa; la storia dei bambini sacrificati non era dunque solo una leggenda e qualcosa di terrificante era davvero accaduto in quei luoghi dimenticati da Dio e dagli uomini.

Di fronte a tutte quelle cose, viste per la prima volta, ma così vicine al mio borgo natio, per un lasso di tempo, che mi sembrò interminabile, non prestai più attenzione alle richieste d'aiuto, che si facevano sempre più insistenti.

Alla fine, ritornando in me, attraversai con il cuore in gola la minacciosa radura e mi rituffai nel folto del bosco, dove, dopo solo poche centinaia di metri, mi imbattei in colui che tanto aveva urlato.

Dire che restai di sasso sarebbe poco, ma quella davanti a me era la realtà, non il frutto di una mia fantasia: ad implorare il mio aiuto, inghiottito ormai fino al collo delle sabbie mobili, era il bel moro, che qualche mese prima aveva preteso di conoscere il mio nome.

Mi resi immediatamente conto che, se lo avessi salvato, nulla nella mia vita sarebbe stato più come prima. Di primo acchito, quindi, fui un po' dubbiosa sulla decisione da prendere: lasciare che le sabbie lo imprigionassero per l'eternità avrebbe permesso alla mia esistenza di scorrere tranquillamente, ma il rimorso di averlo condannato a morte mi avrebbe tormentato per il resto della vita.

Mi decisi allora a tendergli la mano, che subito afferrò, e con tutta la forza possibile riuscii a farlo riemergere. Mi guardò con uno sguardo penetrante e, sfoderando un fantastico sorriso, mi disse: «Ora potete dirmelo il vostro nome, Madonna.»

Nell'attesa che gli dessi la tanto agognata risposta, cominciò a spogliarsi, perché la maleodorante melma, che aveva insudiciato i suoi vestiti, cominciava a solidificarsi, provocando un grande danno alla pelle.

La sua nudità mi scosse, ma nonostante tutto ero ancora padrona di me stessa. Non potei, comunque, nascondere il terribile imbarazzo, che venne immediatamente notato.

«Spero che i vostri bellissimi occhi,» mi disse, «non vengano offesi dalla nudità del mio corpo, ma la vita mi ha insegnato, spesso a mie spese, a come comportarmi in ogni situazione di pericolo; questi abiti non posso proprio tenerli addosso. Sarà comunque mia premura,» continuò, «trovare immediatamente delle foglie per coprire provvisoriamente le mie vergogne.»

Non seppi resistere alla tentazione di offrirgli il mio grembiule, con il quale si sarebbe certamente coperto meglio.

Archiviato quell'imbarazzante episodio, notammo che nel frattempo, senza che ce ne fossimo resi conto, era calata la sera e che sarebbe stato alquanto imprudente riprendere la via di casa al buio, visto che neanche la luce lunare riusciva a penetrare la fitta boscaglia.

Fui quindi costretta, mio malgrado, ad accettare di passare la notte nel bosco e in compagnia di uno sconosciuto; promisi però a me stessa che non avrei chiuso occhio per essere pronta ad affrontare qualsiasi pericolo.

In silenzio mi rannicchiai ai piedi di un albero, mentre il bel moro era indaffarato a prepararsi un comodo giaciglio con foglie e rami secchi.

«Allora, Madonna, non credete che il vostro nome possa essermi finalmente palesato?» esordì, senza distogliere lo sguardo da quello che stava facendo.

«Credo che voi siate un po' troppo insolente» risposi, «e in fin dei conti perché volete sapere il mio nome?»

«Pensate forse» mi incalzò, «che continuerò a chiamarvi Madonna anche quando sarete mia moglie?»

Restai pietrificata dalla sua schietta quanto sconcertante risposta e sulle mie gote avvampò un rossore puerile, che fortunatamente rimase celato dal buio circostante.

Ripresami, gli ruggii contro: «Con quale ardire mi dite certe cose? E soprattutto cosa vi fa credere che io sia disposta ad accettare di essere la vostra sposa?»

«Quanti uomini credete siano disposti a sposare una donna, che ha la fama di essere una strega?»

Il sangue mi si raggelò nelle vene! Con quale coraggio diceva quelle parole e chi era la fonte da cui aveva attinto notizie così precise sul mio conto?

«Credo,» rimbeccai, «che sarà una lunga nottata se la mettiamo su questo piano e, dopotutto, se fossi in voi, non sarei così tranquillo e spavaldo, visto che passerete la notte con una strega.»

Guardandomi con malizia, mi rispose con tono di sfida: «La notte è il momento migliore per una strega che voglia unirsi carnalmente a Lucifero.»

Per la terza volta, nell'arco di un brevissimo lasso di tempo, mi aveva lasciato senza parole!

Dopo qualche minuto di silenzio, il bel moro riprese a parlarmi, ma con un tono decisamente più dolce: «Madonna, perché vi siete imbronciata in questo modo? Riguardo a Lucifero, stavo ovviamente solo scherzando!

Per chi mi avete preso? Che ne dite di sotterrare l'ascia di guerra e di chiacchierare per un po' come fanno due buoni amici? Non m'importa se non volete dirmi il vostro nome; sarà il tempo a decidere tutto.»

Il tono rassicurante delle sua voce mi convinse che lo sconosciuto non aveva cattive intenzioni, così decisi che fosse arrivato il momento di rivelargli il mio nome: «Rosmunda» dissi.

«Chi è? È una vostra parente o amica? Sarà forse in pensiero, non vedendovi rincasare.»

«No,» continuai, «è il mio nome, ma ora mi aggraderebbe conoscere il vostro.»

«Mi chiamo William, Madonna» mi rispose, «e ho 19 anni.»

«William?»

«Oh sì, Rosmunda, effettivamente è un nome molto particolare e inusuale, ma in Inghilterra, terra in cui nacque mia madre, è molto comune.»

Incuriosita, continuai a porgli domande: «Allora voi siete inglese? Suddito di Re Henry e conterraneo di Chaucer!»

«Per essere sincero,» mi confidò, «io sono nato nel feudo di San Polo e lavoro nel castello al servizio del mio signore Lancillotto Maruzzi da Tolentino e delle sue figlie Vittoria e Bartolomea. Là ho sempre vissuto, ma come vi ho già detto mia madre Mathilda era inglese, proveniva da Wells nel Wessex; quando conobbe mio padre, che all'epoca sbarcava il lunario facendo il marinaio, lei era a Londra al servizio di un ambasciatore veneziano e per amore lasciò tutto senza ripensamenti. Una volta, quando ero ancora un bambino, le feci giurare che un giorno avremmo visitato l'Inghilterra insieme e che, con un po' di fortuna, avremmo trovato i nonni ancora in vita.»

«Siete poi riusciti a realizzare questo vostro sogno?» lo sollecitai curiosa.

«Purtroppo no.» Mentre diceva quelle parole, un velo di tristezza si dispiegò sui suoi occhi. «Perché mia madre non mantenne la promessa: morì non molto tempo dopo, in una fredda mattina d'inverno, lasciandomi solo al mondo. Pensai in più occasioni di partire alla ricerca dei miei congiunti materni, ma il fatto che mia madre mi avesse sempre descritto i nonni come vecchi e malati mi scoraggiò dal tentare l'impresa. Spesso mi capita ancora di rodermi dentro, pensando a come siano andate le cose.»

In quel momento, una grossa lacrima mi attraversò la guancia destra, rigandomi il volto.

«Non dovete piangere,» mi rincuorò, «ormai sono passati così tanti anni che il ricordo stesso di mia madre e del suo tenero volto sono nel mio cuore sempre più pallidi e lontani. Ditemi piuttosto come può una ragazza semplice, come voi, sapere che in Inghilterra regna Re Henry?»

Felice della domanda, gli risposi: «Mia nonna aveva spesso delle visioni e mi diceva che sotto il regno di Re Henry sarebbero avvenuti grandi sconvolgimenti, le cui conseguenze avrebbero travalicato i confini del regno, provocando danni irreparabili. Non saprei dire da dove attingesse quelle previsioni, ma la cosa le destava molta preoccupazione.»

«Perdonate nuovamente la mia curiosità,» riprese dopo avermi ascoltata con attenzione, «ma prima avete nominato anche un certo *Cioser*. Chi è costui, di cui non ho mia sentito parlare?»

«Non so dirvi con esattezza chi fosse Chaucer, se non che fu un grande scrittore inglese, vissuto molto tempo fa. Mia nonna mi raccontava spesso una vecchia storia di famiglia: si diceva infatti che la sua trisavola fosse una donna bellissima e che Chaucer si fosse innamorato di lei durante una sua ambasceria a Milano; lui la supplicò di concedergli un bacio, quale pegno d'amore eterno, ma tornò in Inghilterra con il cuore a pezzi. Altro non posso aggiungere, perché rischierei di dirvi cose non vere.»

Chiacchierammo ancora a lungo, prima di sprofondare in un sonno pesante, da cui ci ridestammo solo alle prime luce del nuovo giorno.

* * *

Fu un accecante spiraglio di luce, intrufolatosi attraverso la fitta vegetazione, ad obbligarmi a riaprire gli occhi.

Le mie membra erano ancora intorpidite, a causa della posizione scomoda in cui avevo passato la notte, quando mi accorsi di essere da sola.

Che fine aveva fatto William?

Mi alzai lentamente in piedi, aspettai qualche secondo per mettere alla prova il mio equilibrio e infine, scrutando la vegetazione, mossi i primi passi, sperando di capire dove potesse essersi cacciato.

«Farabutto!» imprecai, pensando che se ne fosse andato, ma all'improvviso da sopra la mia testa qualcuno parlò in tono canzonatorio: «Era dedicata a me quella soave parolina, che avete appena pronunciato?»

Alzai di scatto lo sguardo e vidi William, sinuosamente disteso sul ramo di un albero e completamente nudo. Il grembiule, che gli avevo offerto la sera prima, era a terra ben piegato.

«Vedo», gli ruggii contro a causa del tremendo imbarazzo, «che la vostra nudità non è solo un'esigenza pratica, quale poteva essere ieri quando siete riemerso dalle sabbie mobili, ma un perverso piacere personale.»

«Il vostro bigottismo», mi falciò, «mi delude parecchio. Credete forse che vostra madre vi abbia messo al mondo con i vestiti e magari con tanto di cuffietta? Vi inviterei piuttosto – continuò – a seguire il mio esempio e a liberarvi degli indumenti per godere della stessa piacevole sensazione, che in questo momento avvolge il mio corpo.»

Se avesse insistito, probabilmente avrei accettato la sua proposta, ma fortunatamente il mio senso del pudore ebbe il sopravvento: «Credo che ora ci convenga rientrare. Farò finta di non aver udito le vostre parole.»

«Rosmunda», riprese, «spero che quando sarete la mia sposa non siano dei finti pudori a rovinare la nostra intimità.»

«Ora avete davvero passato ogni limite, William! Inculcatevi bene in testa che io non sarò mai vostra moglie, né in questa né in altre mille vite.»

Detto questo, gli voltai le spalle e cominciai ad incamminarmi verso casa, quando un grosso volatile mi piombò addosso, ferendomi al volto e facendomi perdere i sensi.

* * *

Mi risvegliai dopo molte ore, esattamente quante non lo so, in una delle camere della locanda di Menego. Ero adagiata su un morbido pagliericcio e la testa mi pulsava, provocandomi un forte dolore.

Cercai di capire senza successo dove mi trovassi, poiché di primo acchito non mi fu chiaro, e mi meravigliai di essere sola; ricordavo perfettamente l'incidente nel bosco, ma perché nessuno era rimasto al mio capezzale per tranquillizzarmi sull'accaduto al mio risveglio?

Tentai di alzarmi, ma le fitte alla testa me lo impedirono; avevo anche dei nauseanti capogiri e un insolito torpore alle gambe. Mi convinsi che ancora un po' di riposo sarebbe stato un ottimo toccasana e fu così che richiusi beatamente gli occhi.

Dormii a lungo, visto che al mio risveglio era già scesa la notte. Fu una forte vibrazione a ridestarmi, ma che tipo di vibrazione fosse lo scoprii solo aprendo gli occhi.

William era chino su di me e le sue labbra erano incollate alle mie.

Trasalii e con un gesto fulmineo gli assestai un ceffone sulla guancia.

«Ma sei impazzita?» mi rimproverò.

«Mi sembra,» gli dissi in preda ad uno scombussolamento generale, «che quello ad aver perduto la ragione siate voi, Messere!»

«Puoi benissimo smettere di essere così cerimoniosa.» Riprese, quasi ignorando la mia rabbia. «Non è più necessario che tu mi dia del voi; all'alba del nuovo giorno sarai mia moglie, quindi chiamami semplicemente William. Ora baciami!»

«Comincio a sospettare,» risposi con più veemenza e facendo leva con la mano sul suo petto, perché non si avvicinasse troppo, «che qualche terribile visione all'interno del bosco vi abbia scosso a tal punto da portarvi al delirio.»

«Niente di tutto ciò, mia cara. Nella vita ho sempre dovuto fare quello che gli altri mi hanno ordinato; ho dovuto accettare la morte dei miei cari senza troppi piagnistei, tanto nessuno mi avrebbe consolato; ho sempre dovuto rinunciare a ciò che desideravo veramente per un motivo o per un altro. Ora il mio cuore ha trovato in te una ragione di vita e questa volta nessuno mi impedirà di ottenere ciò che desidero!»

«Sarà meglio che chiami qualcuno,» risposi allibita e spaventata dalle sue parole, «perché possa farvi ritrovare il senno!»

Non ebbi il tempo di finire la frase che William mi colpì violentemente al volto: «Ti ho appena detto di darmi del tu e soprattutto di baciarmi! Cosa aspetti?»

Scoppiai in lacrime, sconvolta da quella inaspettata e violenta reazione. Stranamente non ebbi la forza di reagire e fu in quel momento che William cominciò lentamente a morire nel mio cuore.

Si chinò su di me per accarezzarmi i capelli e abbracciarmi affettuosamente. Non lo respinsi per paura della sua reazione, ma il mio dolore e la paura si stavano trasformando in odio.

«Perdonami per quello che ho dovuto fare,» riprese con parole mielose, «ma non ragionavi. Ora riposa, Rosmunda, perché domattina ti farò svegliare prima dell'alba. Ho già parlato con Teresa, la figlia del locandiere, perché ti aiuti ad agghindarti per la cerimonia. Ci sposeremo nel convento, ho già preso accordi con un frate.»

Detto questo, mi baciò sulla fronte, si alzò e uscì dalla mia stanza. Appena ne fu fuori, lo sentii sprangare la porta.

Ero in trappola! Alla mercé di un pazzo che, dopo diciannove anni di frustrazioni, voleva prendersi la sua rivincita a mio discapito.

Cominciai a ripetere a me stessa che prima dell'alba avrei dovuto escogitare un piano per mandare all'aria il matrimonio.

Sicuramente William aveva corrotto il frate per ottenere quello che voleva: infatti non avevo mai sentito di matrimoni celebrati nel convento e per di più all'alba. Non ero mica gravida, Santo Cielo!

Ad un certo punto, le mie considerazioni vennero interrotte da dolorose fitte all'altezza del basso ventre. Stavo perdendo sangue e dell'altro, già coagulatosi, aveva imbrattato il pagliericcio. Non riuscii a spiegarmi cosa potesse essere successo; dopo tutto il rapace del bosco mi aveva colpito unicamente alla tempia! Probabilmente il grande spavento e la rabbia, che mi covava dentro, avevano anticipato il mio mestruo.

Vegliai tutta la notte nella speranza che mi venisse qualche buona idea, ma l'oscurità non mi portò consiglio, così l'indomani, puntuale come il rintocco della campana della chiesetta del borgo, Teresa si presentò alla porta.

* * *

Teresa era una ragazza molto graziosa, buona, disponibile e sorridente con tutti. Credo che avesse solo un paio d'anni più di me, ma la sua giovinezza era già sfiorita. Aiutava con impegno e dedizione il padre nella gestione della locanda e, a causa delle numerose ore che trascorreva lavorando, non aveva ancora conosciuto un ragazzo.

Entrò nella mia stanza in punta di piedi per non svegliare gli altri clienti, che ancora stavano riposando.

Senza proferir verbo, ma sfoderando un sorriso che forse voleva essere di rassicurazione, mi sfilò la camicia da notte e cominciò a massaggiarmi sulla pelle un unguento dall'intenso profumo di lavanda.

Finita quell'operazione, passò ad occuparsi dei capelli, che pettinò e lisciò, raccogliendoli infine in una voluminosa treccia, che poi abbellì con fiori profumatissimi e nastri colorati.

Neanch'io osai rivolgerle la parola, anche se speravo che fosse lei a decidere di rompere quell'irreale silenzio.

Quando ebbe finito di acconciarmi i capelli, mi disse: «Quanto ti invidio, Rosmunda! Oggi sposerai un ragazzo d'oro e sono certa che il futuro ti riserverà tante belle cose.»

Un violento colpo di tosse soffocò le sue ultime parole e una bava rossastra le macchiò il palmo delle mani affusolate ed emaciate, che per un momento restò a fissare con uno sguardo triste e rassegnato.

Ripresasi, Teresa prese da un bauletto, che aveva portato con sé, una bellissima veste di candida stoffa: era una tunica di cotone, ricamata alle estremità con graziosi motivi floreali.

Mi aiutò ad indossarla, cingendomi infine la vita con una fascia di raso rosa; sfilò poi dal bauletto un velo bianchissimo e una corona di mughetti, che mi sistemò sul capo.

Tentando di smorzare la tensione che mi cresceva dentro e nella speranza di ottenere delle spiegazioni, le parlai del sangue che avevo perduto la sera prima. La risposta, che Teresa candidamente mi diede, mi sconvolse!

«Ieri, mentre giacevi incosciente,» mi spiegò, come se si trattasse di una cosa normale, «William ti ha posseduta e nelle ore successive una levatrice è venuta per controllare che l'amplesso fosse andato a buon fine.»

Non poteva essere vero! Teresa si stava sicuramente burlando di me.

La implorai perché mi dicesse la verità, ma lei, sbalordita di fronte alla mia improvvisa agitazione, mi chiese se certe cose non mi fossero mai state spiegate. L'innocenza e la tranquillità con cui mi parlò, mi convinsero che non stesse mentendo.

* * *

Ad Oriente il sole cominciava a levarsi, quando uscii dalla locanda diretta al convento con Teresa al mio fianco.

Come avevo progettato, avrei voluto fuggire, aiutata dal fatto che nessuno, a parte Teresa, mi avrebbe accompagnato nel brevissimo tragitto dalla locanda al convento, ma la sconvolgente notizia dell'abuso subìto mi tolse ogni slancio di reazione.

Fu in preda a quello stato di passività che giunsi alla soglia del convento. Un novizio venne ad aprirci e, mentre io entravo, Teresa si congedò, augurandomi ogni bene. Non le risposi, ma la sentii allontanarsi tossendo.

Attraversai il piccolo chiostro, guidata dal novizio, e fui introdotta nella cappella dedicata alla Madonna del latte, dove ad attendermi c'erano William e il frate che avrebbe celebrato il rito nuziale.

Ero giunta al capolinea, ma non mi opposi in alcuno modo agli eventi: presi la mano di William e seguii la cerimonia in maniera distaccata, come se stessi osservando il tutto da lontano, attraverso uno specchio.

Lo sentii giurarmi eterno amore, sentii la mia voce promettergli fedeltà fino alla fine dei miei giorni e udii parole d'augurio pronunciate dal celebrante.

All'uscita dal convento, trovammo un carro e due cavalli ad aspettarci; in giornata saremmo giunti al castello di San Polo, dove William viveva da sempre e lavorava al soldo del suo padrone. Stavo dunque per lasciare il paese, in cui ero nata sedici anni prima, in cui affondavano le mie radici e riposavano i miei cari

Dopo alcune ore di viaggio, William si accorse che il cocchiere aveva seguito un percorso sbagliato, che ci aveva portato un po' più a sud; eravamo giunti nei pressi di un centro abitato chiamato San Stino, dove dispose di fare una sosta.

Dal canto mio, avevo ormai perduto l'orientamento, perché quella era la prima volta in cui mi allontanavo così tanto dal mio borgo.

Il cocchiere si appostò in una radura, poco fuori il paese, dove potemmo sgranchirci le gambe, consumare uno spuntino frugale e abbeverare i cavalli.

Nel frattempo, la mia disperazione continuava a crescere e, in quel frangente, il mio unico desiderio era una velocissima morte, anche se non potevo sperare che Dio si scomodasse per dare ascolto ad una semplice ragazzina.

Un colpo di fortuna, però, arrivò prima di quanto avessi sperato.

William stava passeggiando pensieroso nella radura, in attesa che anch'io finissi di mangiare, quando all'improvviso una serpe gli si attanagliò alla gamba, affondando i suoi appuntiti e velenosi denti nel polpaccio.

A causa del fortissimo dolore, cominciò ad urlare e ad invocare l'aiuto del cocchiere.

Mi precipitai anch'io, non avendo ancora capito cosa stesse succedendo.

La serpe era arrotolata con potenza sulla gamba di William, il cui piede era ormai cianotico, ma Arturo, così si chiamava il cocchiere, riuscì con abili mosse ad allontanare l'animale, che si dileguò velocemente tra l'erba alta.

A causa delle urla di William, accorse anche un contadino, che si trovava nei paraggi. L'uomo, rozzo e puzzolente, ci additò una casetta fatiscente, che si scorgeva appena tra la fitta vegetazione di un boschetto adiacente, dove – ci spiegò – viveva una vecchia megera, abile nella preparazione di medicamenti contro i veleni.

Aiutai Arturo ad issarsi William, ormai privo di sensi, sulle spalle e a passi svelti ci dirigemmo verso il tugurio indicatoci dal contadino; bussammo alla porta e, dopo qualche istante d'attesa, venne ad aprirci una vecchia donna dall'aspetto trasandato e minaccioso. Ci guardò con freddezza e durezza, dicendo: «Se volete che lo salvi, dovete pagarmi cinquanta marchetti; altrimenti per me può anche morire!»

Né io né Arturo eravamo in possesso di tutto quel denaro, quindi tentammo di fare leva sulla compassione della vecchia, che però restò irremovibile.

All'improvviso parve accorgersi del mio bellissimo vestito nuziale e propose di barattarlo con il suo aiuto.

Accettai lo scambio, sperando che per William non fosse ormai troppo tardi, anche se la sua morte avrebbe significato la mia libertà.

La vecchia ordinò ad Arturo di adagiare William sul tavolo di casa, dove con poca grazia gli strappò i pantaloni, mettendosi ad osservare la ferita. Dopo un'attenta analisi, che durò alcuni minuti, alzò gli occhi vitrei e disse: «La ferita si è già infettata, gli è salita la febbre e il piede è ancora scuro a causa della mancanza di circolazione; secondo me, morirà entro breve! In ogni caso, se il ragazzo vi sta a cuore, posso fare un tentativo, ma prima di mettermi all'opera voglio chiarire che, comunque vadano le cose, pretendo il mio compenso.»

Non riuscii a parlare, tanto ero intimorita da quella donna, limitandomi ad annuire con la testa.

Da un cesto in vimini estrasse un coltello molto vecchio, la cui lama era però tirata a lucido e ben affilata. Avvicinò l'arnese al fuoco, lasciando che l'estremità metallica si arroventasse, quindi , con un colpo preciso, lo affondò nel polpaccio di William, all'altezza dei morsi del serpente. Il sangue cominciò ad uscire copioso, mentre la donna, masticando foglie di un'erba che non fui in grado di riconoscere, faceva pressione sulla ferita, perché uscisse più veleno possibile.

Dopo un po', estrasse dalla bocca il viscido boccone e lo infilò nella ferita, spalmandolo con cura. Appena ebbe finito quell'operazione, pescò da un pentolone di acqua bollente una lunga pezza, con cui fasciò la gamba.

Quando ebbe terminato il suo lavoro, senza troppi complimenti e puntandomi gli occhi addosso, mi intimò: «Sali di sopra, spogliati, appoggia il vestito sulla sedia e indossa a tua scelta una delle tre tuniche, che sono appese al muro.»

La stanza al primo piano era sporca e quasi priva di mobilio: una sedia sgangherata, un pagliericcio che odorava di muffa e un pitale arrugginito erano gli unici oggetti presenti. Se possibile, invece, le tuniche appese al muro versavano in condizioni peggiori: logore, rattoppate in più punti e fetide.

Mentre mi svestivo e rivestivo, cominciai a domandare a me stessa per quale motivo mi fossi dimostrata così interessata alla vita di William; dopo quello che mi aveva fatto, non potevo che odiarlo e di questo ne ero certa, ma di fronte alla sua sofferenza un inspiegabile senso di protezione nei suoi confronti aveva preso il sopravvento. In quel momento, però, mi rendevo anche conto che avrei dovuto approfittare di quella situazione per fuggire lontano da mio marito, ma che per me altro non era che il mio carceriere.

Tra una considerazione e l'altra, sentivo la vecchia spiegare ad Arturo che, se fosse riuscita a strappare William alla morte, sarebbero stati necessari alcuni giorni di riposo. Capii che quello era davvero il momento giusto per scappare e riprendere in mano la mia vita.

All'improvviso una voce aspra e minacciosa, che proveniva dalla cucina, mi strigliò: «Pensi di schiacciare un pisolino prima di scendere?»

In fretta e furia, raggiunsi la vecchia e Arturo. Intanto la fine di un altro giorno era arrivata e in me era rifiorita la speranza della salvezza.

* * *

L'indomani fui svegliata da un fastidioso solletico al piede destro. Ancora obnubilata dal sonno, fui solo in grado di aprire un occhio e sollevare leggermente il capo.

A destarmi era stato un topolino, che evidentemente trovava molto interessante il mio alluce. Decisi di non disturbarlo, tanto sapevo che non mi avrebbe fatto del male ma, non riuscendo a riaddormentarmi, cominciai a meditare.

Tutti stavano ancora dormendo e, dalle fessure delle finestre, si capiva che fuori era ancora buio pesto. I galli però avevano già cominciato il loro canto mattutino, per cui potevano essere circa le tre o le quattro. Era arrivato il momento di agire!

La vecchia si era coricata al primo piano e dalla cucina avevo la prova del suo sonno pesantissimo; Arturo si era appartato nella legnaia; io invece ero rimasta in cucina con la scusa di assistere William.

Dispiaciuta di disturbare il topolino, ancora intento a fraternizzare con le dita del mio piede, mi alzai cercando di non fare il minimo rumore.

Mi avvicinai a William e gli appoggiai una mano sulla fronte: la febbre doveva essere ancora molto alta. Delirando, farfugliava qualcosa di incomprensibile, sebbene ogni tanto mi sembrasse di sentirgli pronunciare il mio nome. Probabilmente, a modo suo, lui mi amava, ma era un amore senza rispetto e quindi, per come ero e sono ancora oggi, un uomo così non poteva che essere fuori dalla mia vita.

Senza rimpianti, uscii da quella casa, lasciandomi alle spalle un'avventura dolorosa.

Vagai per ore senza una meta, lasciando che le mie gambe mi portassero a loro piacimento. Camminando, ero arrivata alla conclusione che nella mia casa non sarei potuta tornare, perché, se William fosse sopravvissuto, sarebbe stato il primo posto, in cui sarebbe venuto a cercarmi. Che fare dunque?

Continuando a meditare su una possibile soluzione, arrivai in una piccola borgata, quando il sole già risplendeva in tutta la sua maestosità.

Tutto era ancora immerso nel silenzio più assoluto, solo un vecchietto sedeva sull'uscio di casa con un gatto nero in grembo. Teneva la testa e la schiena appoggiate al muro e gli occhi erano chiusi: era immobile nella sua postura, quasi una morsa mortale lo attanagliasse.

Mi avvicinai nella speranza che potesse aiutarmi, anche se il cuore mi palpitava nel petto all'impazzata. Non appena gli fui appresso, capii che il nonnetto non dormiva, ma meditava cose lontane, passate, perdute.

Aprì gli occhi all'improvviso e, rassicurandomi, m'invitò a parlare.

Confidando che fosse un uomo buono, gli raccontai, come ad un vecchio amico, tutte le vicissitudini dei giorni precedenti senza omettere alcun particolare.

Mi offrì di prendere il suo ronzino affinché potessi essere più veloce e comoda nella mia peregrinazione, che ancora non aveva una destinazione, e mi rivolse delle parole di conforto, che sortirono tutt'altro affetto: «Piccola, ti auguro di preservarti per sempre così come oggi ti ho conosciuto. Percorri tranquilla e fiduciosa i sentieri della vita, perché prima di stasera anch'io veglierò sui tuoi passi e impedirò a chiunque di farti del male.»

Restai imbarazzata e senza parole, ma lui, che aveva capito il mio sconcerto, mi spiegò meglio il senso del suo discorso: «Ho fatto un unico viaggio nella mia vita: a Padova. Nella Basilica di Sant'Antonio, mi sono trattenuto a lungo in preghiera, chiedendo al Santo la grazia di non sopravvivere a mia moglie nel caso in cui lei fosse morta prima di me. Il nostro è stato un grande amore! Questa notte la mia adorata è volata in cielo e io sono fiducioso che il mio santo protettore non vorrà negarmi il favore, che gli ho chiesto tantissimi anni fa. In giornata verrà a prendermi, per questo sto aspettando sull'uscio di casa.»

Dopo qualche istante, riprese a parlare: «L'unica cosa che mi rattrista è pensare che la mia gattina sarà costretta a seguirmi per un voto che non è il suo; se solo potessi affidarla a qualcuno che fosse veramente felice di accudirla, morirei in pace.»

Emotivamente provata da quelle parole così commoventi e lucide, non esitai a dire con la voce soffocata dal pianto: «La prendo io!»

Sugli occhi stanchi del vecchio, avvampò immediatamente un fuoco di gratitudine. Allungò le braccia rinsecchite per porgermi la gattina, che parve non disdegnare il mio caloroso abbraccio.

«Vai ora!» mi spronò, «la strada è ancora lunga per te! La mia ormai è stata percorsa tutta. Prendi il ronzino e corri verso la libertà.»

Marango - Lugugnana
Aprile - Dicembre 1495

In groppa al ronzino e con la gattina sulle gambe, mi congedai da quel vecchietto, che tanto aveva intenerito il mio cuore.

Mentre mi allontanavo in direzione opposta a quella in cui avevo lasciato William agonizzante e ancora incerta sulla mia meta, mi ritornarono alla mente la mia cara nonnina e i suoi racconti su una sua lontana parente, monaca eremita in un piccolissimo monastero, che si ergeva nei pressi del Marango tra le paludi del Lemene.

«Forse,» mi balenò l'idea in testa, «potrei rivolgermi a lei e chiederle ospitalità per qualche tempo, almeno fino a quando William, riconoscendo di avermi perduta per sempre, non si darà per vinto.»

Mi convinsi, dunque, che quella fosse la soluzione migliore!

Il viaggio fino al Marango fu lungo e faticoso, perché oltrepassata Concordia, dove riposai mangiando qualcosa in compagnia dei miei amici animali, si apriva di fronte a me il nulla.

La locandiera, che generosamente ci aveva rifocillati accontentandosi del pochissimo denaro che avevo in tasca e a cui avevo chiesto informazioni sull'esistenza di un monastero nei pressi del Marango, mi raccontò di averne sentito parlare, ma di non esserci mai andata, perché – da quello che ne sapeva – da tempo il villaggio era stato abbandonato e il cenobio sorgeva in una zona insalubre e poco sicura a causa dell'isolamento. Isolamento? Era proprio ciò di cui avevo disperatamente bisogno in quel frangente.

Ripresi il mio viaggio, seguendo, come mi era stato consigliato, il sentiero che costeggiava il fiume Lemene, il cui corso mi avrebbe condotto alla palude.

Il sole stava già calando, proiettando a terra le ombre sinistre degli alberi, quando capii di essere giunta a destinazione.

Il monastero altro non era che una piccola costruzione in sassi e legno con un tetto di canne e paglia, da cui si ergeva un camino sbilenco e fumante, che sembrava sul punto di rovinare da un momento all'altro. Una croce di grandi dimensioni, fissata su un ceppo di legno, si trovava al centro del cortile antistante e un basso muretto di sassi delimitava le misere pertinenze del cenobio.

Speravo con tutta me stessa di essere giunta nel posto giusto.

Aprii il cancello ed entrai nel piccolo cortile, dove alcune galline stavano razzolando; esitai alcuni istanti davanti alla porta, incerta se bussare o meno, quando fece capolino un bambino, tutto sporco e spettinato.

Ignorando il fetore che proveniva dall'interno, gli chiesi se conoscesse una certa suor Bianca.

«Sì, Madonna,» fu la sua risposta, «ma in questo momento non può ricevervi, perché sta riposando.»

«Dovete sapere,» continuò, «che la scorsa settimana è salita sul tetto per riparare un buco, quando all'improvviso è scivolata. Per fortuna, non si è fatta alcunché, ma è piombata in un sonno profondo, dal quale deve ancora destarsi. Ho tentato di svegliarla, perché ha bisogno di lavarsi e comincia a puzzare, ma credo sia veramente molto stanca.»

Non avevo mai sentito parlare di un sopore che durasse settimane e, quindi, non mi ci volle molto per capire che qualcosa non stava andando per il verso giusto.

Gli chiesi come si chiamasse e la cortesia di farmi entrare in casa anche se suor Bianca stava dormendo.

«Mi chiamo Amadio» mi disse spavaldo, «e mi rincresce non potervi accontentare, ma suor Bianca mi ha proibito di fare entrare estranei nel monastero. Da quando siamo rimasti solo lei ed io, è diventata molto più diffidente; prima, invece, quando c'erano anche suor Margherita e suor Lucia, questo umile luogo di meditazione sembrava il paradiso terrestre; sono morte la scorsa estate, a pochi giorni di distanza l'una dall'altra; le abbiamo sepolte là, dove vedete quelle pietre, e da quel momento suor Bianca non è stata più la stessa persona.»

«Non devi avere paura di me,» tentai di rassicurarlo, «io non sono un'estranea, ma una cugina di suor Bianca e, comunque, hai davvero un bellissimo nome.»

«Vi ringrazio per le belle parole, ma non posso proprio farvi entrare; se suor Bianca dovesse svegliarsi proprio adesso, sono sicuro che mi infliggerebbe la peggiore delle punizioni.»

«Ti prometto» insistetti, «che non si accorgerà della mia presenza; ho fatto un lunghissimo viaggio, sono molto stanca e bisognosa di riposo; se mi lasci entrare un attimo, ti regalo il mio ronzino, a patto però che tu te ne prenda cura.»

Non riuscii a finire di parlare che Amadio spalancò la porta e si precipitò ad abbracciare l'animale: «Ciao, ciao, come ti chiami? Saremo grandi amici, te lo prometto!...»

Felice di aver guadagnato la sua fiducia, senza indugi varcai la soglia, mentre il mio cuore batteva all'impazzata nell'attesa di dare conferma al peggiore dei sospetti.

Mi tappai il naso e la bocca e cominciai a perlustrare l'interno del monastero, fortemente impregnato di un odore nauseabondo. Tutto era in disordine e i topi scorrazzavano, restando indifferenti alla mia presenza.

In fondo alla stanza, una tenda logora divideva la cucina da altri due locali: uno era dedicato alla preghiera e alla meditazione, e non vi era altro che un'effige malridotta raffigurante una Vergine Maria sgraziata appesa alla parete; l'altro, invece, conteneva tre umili e umidi giacigli.

Dal punto in cui mi trovavo, non potevo vedere completamente la stanza da letto, perché la tenda me ne impediva parzialmente la visuale. Fui quindi costretta ad avvicinarmi e, vincendo i conati causati dal fetore, scostai con decisione la laida cortina, scoprendo una scena raccapricciante: suor Bianca, o ciò che ne restava, giaceva violacea e tumefatta su uno dei tre pagliericci, mentre mosche, vermi e topi banchettavano sul suo cadavere.

Distogliendo lo sguardo dal macabro convivio, attraversai velocemente la piccola stanza per raggiungere una piccola porta, che dava sul retro del monastero; la spalancai e lasciai che un po' di aria fresca vi entrasse. Una volta fuori, mi inginocchiai ansimante e disgustata, respirando a pieni polmoni.

Amadio non avrebbe potuto continuare a pensare che suor Bianca stesse dormendo; era doloroso ma inevitabile che prendesse coscienza della situazione.

In quel momento, inoltre, forse suggestionata dalla valutazione delle conseguenze, mi posi anche un'altra domanda: perché un bambino viveva in un eremo con delle monache? Chi e dov'era la sua famiglia?

Chiamai Amadio e, con tutta la delicatezza che mi fu possibile, gli raccontai la verità.

Inizialmente sembrò non capire a pieno le mie parole, ma alla fine scoppiò in un pianto inconsolabile, che fu straziante placare.

Non appena si calmò, lo invitai a ritornare dal ronzino e dalla gattina: «Gioca ancora un po' con i tuoi nuovi amici; loro sapranno farti dimenticare la tristezza, che ora senti.»

Io invece, anche a causa dell'incombere dell'oscurità serale, dovevo rimuovere velocemente il corpo di suor Bianca.

Rientrai in casa, il fetore era ancora pungente, nonostante avessi tentato di areare i locali.

Non sapevo come procedere, ma non c'era tempo da perdere. Se il cadavere non fosse stato in quelle condizioni, l'avrei afferrato per le caviglie e trascinato fuori, ma in quel caso non era possibile. Staccai allora la tenda divisoria e la adagiai a terra; feci, quindi, rotolare il corpo con tutto il pagliericcio su di essa e infine trascinai il mesto carico all'esterno fino al muro perimetrale per tenerlo il più lontano possibile dalla nostra vista e dai nostri nasi.

«Domani mattina,» pensai, «scaverò una fossa per dare una degna sepoltura a suor Bianca, ma ora devo occuparmi di Amadio.»

Lo raggiunsi nel cortile, evitandogli i macabri particolari dello spostamento del cadavere, e lo invitai ad entrare, portando con sé la gattina; ricoverai l'asino nella legnaia, mettendogli a disposizione acqua fresca e un po' di pane raffermo, che avevo trovato nella madia.

Nel frattempo, Amadio aveva diligentemente acceso e sistemato sul tavolo due candele.

«Bene, Amadio,» gli dissi, «cosa abbiamo in casa da mettere sotto i denti? Domani dovremo lasciare questo luogo, perché non fa proprio al caso nostro, ma per stanotte andrà benissimo!»

Mi mostrò tutte le scorte alimentari di cui disponevamo, ma nessuna di queste era più utilizzabile a causa dello scempio fattone dai topi nei giorni successivi alla morte di suor Bianca fino al mio arrivo in quel luogo.

Amadio mi propose di tirare il collo ad una gallina, ma io gli spiegai che consideravo gli animali come degli amici, a cui era doveroso portare rispetto, e non come oggetti da sfruttare e infine mangiare.

Non capì le mie argomentazioni, ma le rispettò. Furono, però, proprio le galline a permetterci di riempire la pancia quella sera: nella legnaia, infatti, trovammo quattro belle uova appena deposte.

Dopo cena, ci sistemammo ai piedi del focolare, dove avevo disteso una vecchia stuoia, trovata in casa. Era dunque arrivato il momento di interrogare Amadio.

Senza inutili giri di parole, gli chiesi chi fosse e per quale motivo un bambino della sua età si trovasse a vivere con delle monache.

Improvvisamente divenne triste e cominciò a raccontarmi la sua storia.

Mi disse di essere nato a Portogruaro in una famiglia benestante, latifondista, molto influente politicamente e addirittura imparentata con il doge di Venezia, e di essere stato abbandonato dai suoi stessi genitori a causa di un difetto fisico, che io stessa avevo ignorato fino a quel momento: le sopracciglia di Amadio erano unite da una folta peluria.

Secondo alcune stupide leggende popolari, quella caratteristica era il marchio inconfutabile di appartenenza alla famelica famiglia dei lupi mannari. I mono-cigliati erano dunque delle bestie feroci, che avevano assunto sembianze umane per aggredire e sbranare degli innocenti malcapitati senza destare alcun sospetto.

Mentre ascoltavo quelle parole assurde e ancora più inconcepibili perché proferite da un bambino, non potevo non provare disprezzo per quella madre snaturata, che aveva sbattuto fuori di casa suo figlio, dando credito ad una stupida leggenda. E questo veniva raccontato proprio a me che a causa di un destino avverso non avevo potuto godere dei baci e delle carezze di mia madre neanche per pochi istanti. Mi chiedevo con un'insistenza quasi puerile, perché Dio non avesse fatto morire la madre di Amadio al posto della mia.

«Povero piccolo, come sono stati crudeli i tuoi genitori e stolti a dare adito a tali dicerie! Ma come sei giunto in questo monastero?»

Continuando il suo racconto, mi disse che, circa due anni prima, suo padre l'aveva affidato ad un servo, che in gran segreto avrebbe dovuto condurlo il più lontano possibile dalla città e ucciderlo, occultandone poi il corpo affinché non fosse mai più rinvenuto. L'uomo, però, che era di indole buona ed era stato costretto ad ubbidire al padrone per paura di ripercussioni, aveva condotto il piccolo da suor Bianca e dalle sue consorelle, spiegando loro la situazione. Quelle pie donne, mossesi a pietà, avevano accettato di accogliere con loro Amadio, per crescerlo lontano dall'odio della sua famiglia.

Restammo per un po' in silenzio, pensando ognuno alle proprie vicissitudini, prima di scivolare entrambi in un sonno profondo.

* * *

Durante la notte cominciò a piovere copiosamente e incessantemente. L'acqua entrava in casa, filtrando dal tetto, che in più punti si era arreso all'impetuoso scrosciare.

Vicino al focolare, per fortuna, eravamo abbastanza riparati e il fuoco, che continuavo ad alimentare, ci garantiva un certo tepore.

Amadio dormì indisturbato fino alle prime luci dell'alba, spossato dalle tante notti passate a vegliare in silenzio il corpo di suor Bianca.

Mentre contemplavo il suo viso, beatamente assopito, sentivo che i nostri destini erano legati tra loro. Non potevo lasciarlo in balia degli eventi; era troppo piccolo per potersela cavare da solo! Aveva bisogno di una figura di riferimento, anche se io avevo così poco da offrirgli.

Lo svegliai con dolcezza, stampandogli un bacio sulla fronte, che parve gradire molto. Chissà da quanto tempo non veniva più coccolato; mi ribolliva il sangue, pensando alla crudeltà dei suoi genitori!

Non appena aprì gli occhi, gli spiegai che quella mattina, se le galline non avessero deposto altre uova, non avremmo avuto alcunché da mettere sotto i denti.

«Vado subito a controllare,» disse, balzando in piedi, «così ne approfitto anche per salutare Gigetto!»

«Gigetto? E chi è?»

Mi guardò bieco, rimproverandomi così il grave torto.

Gigetto, così lo avevo chiamato, era l'asinello con il quale ero scappata da William e che, al mio arrivo al monastero, gli avevo regalato in cambio di un po' di fiducia.

Pregai Amadio di restare ancora al calduccio, dopo tutto non avevamo alcuna fretta.

Anche la gattina cominciò a ridestarsi, stiracchiandosi e strofinandosi sul mio vestito, per nulla turbata dalla nuova vita, che anche lei, a modo suo, doveva affrontare.

Un po' la invidiavo: se anch'io fossi riuscita a mantenere quella calma e pacatezza, forse avrei potuto vedere gli accadimenti di quegli ultimi giorni con occhi diversi.

Bisognava dare un nome alla gattina, ma non ne volevo uno qualunque! Cominciai così, aiutata da Amadio, ad elencare una quantità infinita di nomi, che però mi sembravano tutti inappropriati.

Alla fine, Amadio mi raccontò che a Portogruaro aveva lasciato un'amichetta, figlia di una serva del padre, che si chiamava Apollonia, con la quale aveva passato intere giornate a giocare, chiaramente senza il permesso dei genitori, che altrimenti non avrebbero approvato. Fu l'unica, quando venne in gran segreto sbattuto fuori di casa, a salutarlo con un abbraccio, augurandogli buona fortuna e passandogli furtivamente una sacca, contenente due pezzi di pane nero e tre mele.

Apollonia era, dunque, il nome che sarebbe stato lieto di poter dare alla gattina, in onore di quella bambina così premurosa e gentile e che spesso aveva alleggerito il suo pesante fardello. Dunque era deciso: la gatta si sarebbe chiamata Apollonia!

Uscimmo tutti insieme per controllare se ci fossero uova e salutare Gigetto.

Amadio era incontenibile ma, una volta giunti alla legnaia, la sua gioia svanì all'improvviso: Gigetto, infatti, non c'era più e a nulla valsero le nostre ricerche.

Sospettavo che l'acquazzone, verificatosi nel corso della notte, l'avesse spaventato e spinto a scappare dal suo rifugio, ma ad Amadio raccontai che l'avevo sentito parlare con altri asini di passaggio e che probabilmente aveva deciso di unirsi a loro.

«Avrebbe almeno potuto salutarmi quello stupido!» protestò, mettendo il broncio.

Presa alla sprovvista, non trovai espediente migliore che promettergli che, non appena ci fossimo sistemati, gliene avrei regalato un altro.

Dopo che si fu calmato e rasserenato, gli spiegai che avremmo dovuto lasciare il monastero, sperando che un altro sradicamento non fosse per lui troppo traumatico.

Seguì con attenzione le mie parole e, alla fine, sembrò capire che la partenza era l'unica soluzione di salvezza. Gli chiesi, quindi, di rientrare e raccogliere con calma tutte le sue cose, perché, prima di partire, io dovevo fare una cosa molto importante.

Non avrei potuto andarmene da quel luogo, se prima non avessi dato una degna sepoltura a suor Bianca.

Raggiunsi il cortile retrostante, recuperai un badile e, vicino alle sepolture di suor Margherita e suor Lucia, cominciai a scavare un'altra fossa.

Non mi ci volle molto, perché la terra era molto morbida dopo l'abbondante pioggia della notte precedente.

Andai nel punto in cui avevo lasciato il corpo e cominciai a trascinarlo, aggrappandomi alle estremità della tenda, in cui l'avevo avvolto.

Durante il brevissimo tragitto, sollecitato dallo scuotimento, un lembo dell'improvvisato sudario si scostò, offrendomi uno spettacolo raccapricciante: la pioggia della notte aveva macerato ulteriormente il cadavere; solo l'abito monacale dava ancora una pallida parvenza di umanità a quella massa informe in putrefazione.

Gettai tutto nella fossa e la richiusi velocemente, indugiando poi alcuni minuti per recitare qualche orazione in suffragio alle anime di quelle tre monache.

Rientrata in casa, trovai Amadio ad aspettarmi; aveva già sistemato le sue poche cose in una sacca di tela e mi chiedeva se fosse necessario prelevare ancora qualcosa per il viaggio.

Dopo una rapida occhiata, gli dissi che meno cose avessimo avuto da trasportare, più facili sarebbero stati gli spostamenti. Prima di uscire per sempre da quell'umile cenobio, proposi ad Amadio di rivolgere qualche preghiera alla Vergine, inginocchiandoci di fronte alla sua effige.

Una volta fuori, deliberammo di liberare le galline e ci incamminammo verso Oriente, lasciandoci alle spalle il passato.

Stavamo camminando da meno di un'ora, affondando i piedi in un terreno reso fradicio e melmoso dall'inclemente pioggia caduta durante la notte, quando arrivammo alle porte di una località chiamata Lugugnana; confrontata con San Mauretto, poteva essere quasi una città:

c'era tutto il necessario, dalle botteghe degli artigiani alle osterie.

Ne fui subito rincuorata, pensando che quella notte avremmo potuto dormire su un vero letto.

Quel giorno, la piazza di Lugugnana era particolarmente animata: vi era stato, infatti, allestito – così mi venne riferito – un tribunale popolare, che avrebbe deciso sulla sorte di uno zingarello, beccato a rubare nella casa del pievano di quel villaggio.

Ci avvicinammo incuriositi.

Lo zingarello stava a terra in ginocchio, mani e piedi legati, ed evidenti tumefazioni erano visibili sul suo viso e sulle scheletriche gambe. Non serviva molta fantasia per intuire che quel gesto spavaldo, e forse disperato, gli era costato davvero caro. I suoi occhi erano iniettati di sangue, tante lacrime aveva versato, e grumose gocce di muco e sangue gli colavano dal naso.

Lì vicino, trattenuta da due uomini, c'era sua madre, che invocava clemenza e perdono per il figlio, promettendo a tutti i presenti che lo avrebbe punito con durezza e che non avrebbe mai più commesso atti sacrileghi.

A nulla valsero le sue suppliche, il verdetto di quel tribunale fu feroce: seduta stante, allo zingarello sarebbero state amputate entrambe le mani e sulla fronte marchiato a fuoco un simbolo, che lo avrebbe bollato come ladro per il resto della sua vita.

Alla lettura della sentenza, tante persone, principalmente padri di famiglia, si annidarono intorno allo sfortunato zingarello per mostrare ai loro figli cosa sarebbe capitato loro se avessero preso il vizio del furto. A modo loro, anche se io personalmente non approvavo, stavano dando una grande lezione di vita alla loro progenie.

Non restammo ad assistere a quello straziante spettacolo e, mentre il boia di turno calava senza pietà la mannaia sulle mani dell'agonizzante sventurato, noi eravamo già abbastanza lontani.

Dall'altra parte del paese, sul lato destro della strada maestra, che da Lugugnana conduce a Portogruaro e Concordia, c'era una locanda, dove decidemmo di chiedere ospitalità per la notte.

Entrando, una vecchia signora, tutta vestita di bianco, ci diede il benvenuto e si presentò come la padrona, ma anche come cuoca, cameriera e lavandaia. Insomma gestiva da sola e alla sua età una locanda, che di primo acchito sembrava funzionare molto bene.

Espletati i convenevoli, la vecchia ci fece accomodare nell'osteria, dove ci lasciò soli per qualche minuto per andare in cucina a prenderci qualcosa da mettere sotto i denti: «Un sacco vuoto non sta in piedi» disse, allontanandosi.

Dopo una brevissima assenza, fece ritorno con un vassoio, sul quale erano adagiate tre fette di polenta e due scodelle di legno, contenenti latte e riso.

Io e Amadio ringraziammo la premurosa locandiera e divorammo le nostre rispettive porzioni con una certa voracità.

Apollonia, che fino a quel momento era rimasta tranquilla e beata nella sua sacca, miagolò in segno di protesta, tentando di attirare la nostra attenzione.

Accogliendo le sue feline istanze, feci un cenno alla locandiera, che nel frattempo era ritornata sull'uscio della locanda in attesa di altri avventori, e le chiesi gentilmente se avesse qualcosa da mangiare anche per la gatta.

Tutta premurosa, ritornò in cucina e ne uscì con delle crosticine di formaggio, delle lische di pesce e una gabbietta, al cui interno era intrappolato un topolino impaurito e frastornato.

Appoggiò tutto sul tavolo e ci augurò di nuovo una buona permanenza, promettendoci che sarebbe ritornata più tardi per l'assegnazione della camera, in cui avremmo passato la notte.

Non appena se ne fu andata, sistemai il formaggio e le lische ai piedi della panca, su cui eravamo seduti, e immediatamente Apollonia fu su di loro con un balzo.

Decisi invece che, all'insaputa della locandiera, che sicuramente tanto aveva fatto per catturarlo, il topolino avrebbe avuta salva la vita; lo estrassi della gabbietta e gli accarezzai ripetutamente la testolina, fino a quando sembrò tranquillizzarsi.

Nel frattempo, Apollonia aveva consumato la sua cena e, balzandomi sulle ginocchia, mi implorava con gli occhi di darle quel simpatico giochino. Le appoggiai l'indice sul nasino umido e le dissi dolcemente: «Scordatelo!» Sembrò capire e, con un fare un po' imbronciato, si raggomitolò tra me e Amadio.

A quel punto, appoggiai il topolino a terra e lo incitai a mettersi in salvo. Dopo qualche istante di esitazione, sfrecciò via e lo vidi intrufolarsi in una piccola cavità del pavimento.

Per tutto quel tempo, Amadio era rimasto in silenzio e pensieroso, come se qualcosa lo turbasse profondamente.

«Hai forse ancora fame?» gli chiesi con materna dolcezza.

Fu a quel punto che alzò la testa e mi puntò addosso due enormi occhi, pronti a lasciar scorrere un fiume di lacrime.

Cominciai allora ad accarezzargli i capelli e gli chiesi di confidarsi con me.

Con la voce rotta dai singhiozzi, che tentava inutilmente di soffocare, volle sapere cosa ne sarebbe stato dello zingarello, incontrato poc'anzi nella piazza del paese.

Sapevo che, dicendogli la verità, avrei lacerato ancora di più la sua anima ferita, ma non potevo mentirgli.

Nell'abisso dei suoi occhi corvini mi parve di leggere riconoscenza per l'onestà e la franchezza dimostrategli. Mi prese la mano e la baciò, dicendomi: «Grazie di tutto, Rosmunda! Sono molto stanco, mi piacerebbe andare a dormire.»

Esaudii il suo desiderio, chiamando l'ostessa, perché ci accompagnasse nella nostra camera.

Mentre salivamo delle strette e ripide scale, le chiesi di portarci una tinozza con dell'acqua calda e un pezzo di sapone.

Ci introdusse nella stanza e, tutta premurosa, ne uscì velocemente per andare a prendere ciò che le avevo chiesto.

La stanza era molto spartana e, in un angolo, un giaciglio di paglia emanava un intenso e penetrante profumo di campo, sicuramente era stato cambiato di recente. Vi era poi anche una piccola finestra, che dava sul retro della locanda e da cui si poteva vedere un piccolo cimitero confinante, abbandonato da moltissimo tempo a giudicare dallo stato in cui versava e dall'erba incolta, che aveva ormai quasi completamente inghiottito delle rade e sbilenche croci di legno. Non era proprio un panorama bucolico, ma quella vista certamente non mi creava turbamento.

Nel frattempo, Amadio si era disteso sul pagliericcio, immerso chissà in quali tristi pensieri. Lo pregai di alzarsi e di pazientare ancora un po', perché così sporco certo non poteva stare. Lo feci spogliare e con energia cominciai a strofinare il sapone su tutto il suo corpo, insistendo con una certa caparbietà soprattutto sui capelli, che immaginavo infestati dai pidocchi. Dopo averlo risciacquato per bene, mi accorsi di una cosa, che la sporcizia, fino a quel momento, mi aveva celato: era davvero un bel bambino!

Uscii dalla camera in cerca della locandiera, lasciandolo lì da solo, in piedi e nudo, come quella sciagurata di sua madre lo aveva partorito.

Trovai l'ostessa seduta su uno sgabello, intenta a rammendare una già logora tovaglia, mentre canticchiava una vecchia canzone, la cui melodia e parole rievocavano antiche glorie, ma allo stesso tempo dolori mai sopiti.

Restai qualche istante ad osservarla in silenzio, timorosa di disturbarla e immaginando che quella vecchia schiena ricurva potesse essere quella della mia amata nonna.

Ruppi il silenzio, complimentandomi per l'angelica voce, che continuava ad avere nonostante l'età.

«Me la insegnò mio nonno tantissimi anni fa.» Mi disse. «Narra la storia di una giovane fanciulla, che per amore di un giovanotto, condannato a morte per una non so quale colpa, sacrificò la sua beltà, la cui fama era nota anche in paesi lontani, ottenendo di avere salva la vita dell'amato solo se si fosse fatta tagliare il naso, le labbra e le orecchie. Il crudele Re di quel regno, il cui nome è meglio tacere, accettò lo scambio, ma in seguito il giovane ingrato si rifiutò di rincontrare la fanciulla, perché disgustato dalle terribili mutilazioni, che le avevano devastato il volto. Chiusasi per disperazione in una torre abbandonata, morì poco tempo dopo, impiccandosi ad una trave del soffitto.»

«È una storia molto triste,» le dissi, «ma forse è solo una vecchia leggenda, frutto della fantasia di qualche cantastorie dalla fervida immaginazione.»

Tacque per qualche minuto prima di rivelarmi che la sfortunata fanciulla altri non era che sua sorella; una sorella che non aveva mai conosciuto, perché i fatti narrati erano accaduti qualche anno prima della sua nascita, avvenuta quando i suoi genitori erano già in età avanzata.

Immaginai allora che anche quel vecchio volto, solcato da profonde rughe, un tempo doveva essere stato bello e doveva aver ispirato chissà quanti versi.

All'improvviso mi ricordai di aver lasciato Amadio su ad aspettare il mio permesso per coricarsi; così, cambiando discorso, le chiesi se per cortesia fosse in possesso di qualche vestito da potermi donare per il bambino.

Si alzò molto lentamente e, senza parlare ma facendomi cenno di seguirla, si incamminò attraverso un lungo corridoio, al termine del quale c'era una vecchia e tarmata porta, apparentemente in procinto di scardinarsi.

L'aprì, rimuovendo un pesante chiavistello.

L'unica cosa, che riuscivo ad intravvedere, era una scala di legno, che scendeva probabilmente fino alla cantina o in qualche antro recondito.

Scendemmo le scricchiolanti scale, guidati solo dalla tenue luce di una candela, che la vecchia aveva portato con sé, e arrivammo in un ampio locale, che odorava intensamente di muffa.

Anche se non li vedevo, percepivo la presenza di un esercito di topi, che ci stava osservando.

Ad un certo punto, la locandiera si fermò e illuminò un antico baule, che stava proprio di fronte a noi.

Dopo avermi passato la candela, la cui cera cominciava a colarmi sulle mani, lo aprì.

Internamente c'erano degli scarafaggi, due topolini mummificati, rimasti lì mortalmente intrappolati, e un secondo baule, molto più piccolo di quello che lo conteneva.

La vecchia lo estrasse, avvolgendolo con il suo grande grembiule, e silenziosamente richiuse quello precedentemente aperto.

Risalimmo le scale per tornare di nuovo allo sgabello, su cui era seduta, quando l'avevo distolta dal suo lavoro di ago e filo.

Con un coltellino, che teneva in tasca, forzò la serratura arrugginita del bauletto: probabilmente la chiave, che lo avrebbe aperto senza troppa fatica, era stata smarrita chissà quando e chissà dove.

Dopo qualche colpetto deciso, il vecchio chiavistello si ruppe, permettendomi di vedere cosa custodisse. La vecchia ne estrasse un tunica di tessuto grezzo e, porgendomela con un mesto sorriso, mi disse: «Ad Ubaldo ormai non serve più!»

Avrei tanto voluto chiederle chi fosse Ubaldo, ma qualcosa mi suggeriva di non farlo, evitando così di far riemergere lontani e forse mai sopiti dolori.

Ringraziandola di cuore per la sua generosità, le augurai la buonanotte e mi precipitai da Amadio, convinta che mi stesse ancora aspettando in piedi e nudo.

Quando entrai in camera, lo trovai invece beatamente disteso e addormentato sul pagliericcio con Apollonia spaparanzata al suo fianco.

Sarebbe stato un peccato disturbare quel sonno angelico, così gli distesi sopra una coperta e lo lasciai in pace.

Dopo due giorni di peripezie, finalmente un naturale e spontaneo sorriso gli modellava la bocca e l'espressione del viso. Mi distesi anch'io accanto a loro, tentando di non fare rumore, speranzosa che quella notte sarebbe stata per me di vero riposo.

Purtroppo non fu così! Un fastidiosissimo senso di nausea mi tormentò per diverse ore, costringendomi a vomitare anche quel poco di polenta e latte che la locandiera ci aveva offerto al nostro arrivo.

* * *

61

L'alba arrivò per me molto lentamente e i conati di nausea lasciarono il posto ad un forte mal di testa.

Anche se sveglia, restai a letto in silenzio, aspettando che anche Amadio e Apollonia si svegliassero. La prima fu la gatta che, impaziente di coccole, cominciò a leccare la guancia di Amadio, causandone l'inevitabile risveglio; si stiracchiò e sbadigliò a lungo prima di proferire un buongiorno.

Quella mattina, nei suoi occhi, c'era una nuova e rigenerata luce, che sembrava avere spazzato via i turbamenti del giorno precedente.

Ci alzammo – io a fatica – e gli porsi la tunica di Ubaldo, che vestiva alla perfezione.

Quando scendemmo nell'osteria, con la speranza di mettere qualcosa sotto i denti, ad accoglierci trovammo un vivace fuoco scoppiettante, che però mi provocò un certo turbamento: lambito dalle fiamme, c'era infatti il bauletto, da cui la locandiera aveva estratto la tunica, che così illuminato rivelava un delicato intarsio ai lati, che la sera prima avevo ignorato a causa della luce fioca.

Chiunque fosse stato Ubaldo, capivo che con quel gesto la vecchia signora l'aveva finalmente lasciato andare ed era forse riuscita a dare un po' di pace al suo animo afflitto. Quanto dolore e quanta tristezza si nascondevano dietro a quella simpatica vecchietta, che con garbo e familiarità accoglieva i clienti nella sua locanda.

Proprio in quel momento, mentre noi ne approfittavamo per prendere posto allo stesso tavolo della sera precedente, lei si stava congedando da una piccola comitiva di mercanti, che aveva pernottato per qualche giorno e che da molti anni, come ci raccontò in seguito, frequentava la sua locanda tra aprile e maggio.

Restò sull'uscio fino a quando vide scomparire all'orizzonte le tre carovane.

Da quel momento e per i tre giorni successivi, fummo gli unici ospiti della locanda e questo ci permise di approfondire la nostra reciproca conoscenza: una sera, dopo cena, si creò l'atmosfera giusta per farci qualche confidenza.

Cominciò la vecchia, dicendoci di chiamarsi Alice, di essere nata nel vicino paese di Grumello 82 anni prima e di essersi trasferita a Lugugnana solo dopo il matrimonio con Ferdinando, un uomo – a suo dire – violento e ignorante, che solo dopo due anni di convivenza aveva imparato ad odiare.

Quando arrivò il mio turno, le raccontai, evitando qualche particolare, la mia odissea a causa di William e l'incontro con Amadio nell'eremo di suor Bianca.

Si dimostrò sinceramente molto dispiaciuta per le nostre peripezie e pretese che da quel preciso istante la chiamassimo nonna Alice e non Madonna, come invece avevamo fatto fin dal nostro arrivo.

Sollevò Apollonia da terra e, sistemandosela sulle ginocchia, incominciò a grattarle delicatamente la schiena: operazione che provocava alla gatta una grande goduria.

Mentre Apollonia andava in brodo di giuggiole, Alice cominciò a fissarmi con occhi penetranti, cercando così di guadagnare un po' di tempo, prima di proferire quelle parole, che fin dalla sera prima – poi mi confessò – aveva tentato di dirmi, avendo in qualche modo intuito la nostra precaria situazione.

Si perse in un lunghissimo elogio al mio coraggio e alla mia forza d'animo, prima di arrivare al sodo: «Perché non restate qui a lavorare con me e ad aiutarmi a tirare avanti la locanda?» mi disse tutto d'un fiato.

Lusingata, ma allo stesso tempo spiazzata dalla proposta, le chiesi del tempo per poterci riflettere. L'idea mi allettava molto, perché se da un lato frenava i miei progetti di fuga dall'altro mi assicurava una certa vicinanza al mio

borgo natio, nel quale da Lugugnana sarei potuta tornare in qualsiasi momento, senza troppe difficoltà. Inoltre,
quell'inaspettata sistemazione avrebbe offerto a me e ad
Amadio anche qualche soldo e la necessaria protezione
dal mondo esterno, di cui avevamo bisogno. Valutai per
tutta la mattinata l'offerta, coinvolgendo per quanto possibile anche Amadio, e alla fine optammo per una risposta
affermativa.

Dopo un lauto pasto, comunicai la decisione presa ad
Alice che, fuori di sé dalla gioia, propose di festeggiare
l'occasione con una bottiglia di vino pregiato, che teneva
nascosta in cantina.

Immediatamente si instaurarono tra noi tre una perfetta
sintonia e una proficua collaborazione, basate sulla stima
e sulla fiducia reciproche.

* * *

Qualche settimana dopo, arrivò il giorno del mio compleanno e per l'occasione Alice e Amadio mi prepararono
una deliziosa torta di ceci, nel cui ripieno – come mi spiegò dettagliatamente Alice – c'era ogni ben di Dio: crema
di ceci bolliti arricchita da uvetta, mandorle, fichi secchi,
pinoli, spezie e acqua di rose.

Subito dopo la grande abbuffata, cominciai ad accusare
dei fortissimi dolori al basso ventre e l'ormai noto senso di
nausea, che mi tormentava a più riprese fin dal mio arrivo
alla locanda di nonna Alice.

Caddi a terra priva di sensi e, in quello stato d'incoscienza, restai per almeno un paio d'ore.

Quando rinvenni, mi trovavo adagiata sul pagliericcio
della mia stanza e al mio capezzale c'erano Apollonia, Alice, Amadio e un giovane uomo, forse sui trent'anni, che
non avevo mai visto prima.

Non avevo ancora la forza di parlare, ma con gli occhi potevo vedere benissimo e non mi sfuggirono i sorrisi sgargianti stampati sui loro volti.

Tentai di sollevarmi e prontamente la vecchia Alice mi mise il suo morbido braccio attorno al collo per sorreggermi.

«Come ti senti adesso, tesoro?» esordì con voce tenera. «Il mancamento, che hai avuto a pranzo, non è grave, ma solo una normale reazione alla vita che ti cresce dentro. Ci hai fatto prendere un bello spavento.»

La mia totale inesperienza, dopo tutto avevo solo sedici anni, non mi permise inizialmente di capire cosa significasse esattamente avere una "vita che ti cresce dentro". Quando però il medico, che era lo sconosciuto quarto membro di quella combriccola di assistenti, mi spiegò in modo più schietto cosa stesse accadendo nel mio corpo, mi sembrò che la locanda e addirittura il mondo intero crollassero su di me; mi riaffiorarono subito alla mente le parole che Teresa, la figlia del locandiere di San Mauretto, mi aveva detto qualche giorno prima, aiutandomi ad indossare la veste nuziale: «William ti ha posseduta e una levatrice ha controllato che tutto sia andato a buon fine!»

Scoppiai in lacrime, lasciando i presenti turbati e inconsapevoli del perché una così lieta novella mi avesse sconvolto a tal punto.

Alice pretese di restare sola con me e mandò Amadio e il medico a ristorarsi in cucina con una scodella di brodo caldo. Non cercò di consolarmi con parole inutilmente retoriche, ma sapientemente, dall'alto della sua esperienza, mi abbracciò e lasciò che il mio cervello elaborasse lentamente la sconvolgente notizia, in modo che la percezione della veridicità della situazione si inculcasse in me senza provocarmi ulteriori traumi.

A darmi più tormento era l'idea di portare in grembo una creatura concepita contro la mia volontà e soprattutto che l'artefice di tutto fosse un uomo per il quale provavo ormai una repulsione totale. Quel sentimento di odio mi riportò alla memoria il ricordo della serpe che, addentando il polpaccio di William, mi aveva salvata. Altro che figlia del demonio! Annusata la tresca in atto contro di me, era sicuramente intervenuta per fare giustizia! Chissà se William era riuscito a superare quella feroce notte di febbri o se, alla fine, il mortale morso aveva compiuto la sua missione, vendicandomi?

In quel momento speravo ardentemente che il suo corpo si trovasse già sotto terra a marcire.

Dovevo reagire a quella nuova e inaspettata situazione! Non avevo alternativa e soprattutto dovevo decidere, prima che fosse troppo tardi, cosa fare del bambino: tenerlo o interrompere la gravidanza al più presto?

Non lo sapevo ancora, ma mi rendevo conto che, se avessi permesso a quella creatura di venire alla luce, William sarebbe stato parte di me per il resto della mia vita!

In quel frangente, inoltre, la compagnia di Alice non mi aiutava certamente ad essere risolutiva e pragmatica: dopo tutto, per lei una creatura era sempre una benedizione del Signore e rifiutarla significava, senza ombra di dubbio, andare incontro alla sua collera.

Chiesi ad Alice di restare sola, promettendole che l'indomani avrei recuperato le forze e sbrigato le faccende della locanda, lasciate in sospeso. Mi accarezzò i capelli, mi baciò la fronte e, dopo avermi assicurato che tutto si sarebbe risolto per il meglio, se ne andò.

Rimasta sola, sprofondai sotto le coperte e naufragai in un oceano di pensieri; fra gli altri, mi ricordai della lettera scrittami da mia nonna e trovata nel suo baule, in cui mi esortava a non arrendermi, a non lasciare mai spazio alla disperazione e soprattutto a non permettere che l'odio s'insinuasse nella mia anima.

Decidere il destino di quella creatura, basandomi solo sulle mie paure e sul mio egoismo, era certamente una cosa sbagliata, che la nonna avrebbe biasimato. Ancora una volta, dunque, era stata lei a guidarmi verso la scelta migliore: decisi che il bambino sarebbe cresciuto nel mio ventre fino a quando il buon Dio non avesse stabilito di farlo uscire ad affrontare la vita.

Su una cosa, comunque, non avevo alcun dubbio: suo padre, ammesso che fosse ancora vivo, non avrebbe mai saputo della sua esistenza.

Scesi in cucina, dove trovai Alice e Amadio intenti a cenare, e con un sorriso, che mi sforzai di far sembrare sgargiante, comunicai la mia decisione: «Entro nove mesi ognuno di voi avrà un compito in più da assolvere: Alice diventerà nonna, Amadio fratello maggiore e Apollonia angelo custode. Ho deciso di tenere il bambino!»

* * *

Partorii il 16 dicembre 1495 verso mezzogiorno, un po' prima del previsto. Al mio fianco c'erano la levatrice Maria e Alice, provata forse più di me dal gran daffare.

Il bambino, che a mia insaputa venne chiamato Guglielmo, era sano, forte, robusto e soprattutto impaziente di fare la sua prima poppata.

Dopo tante vicissitudini, anche per noi alla fine stava cominciando un lungo periodo di pace e serenità.

Lugugnana
Dicembre 1498

Sul finire dell'anno del Signore 1498 e pochi giorni dopo il terzo compleanno di Guglielmo, arrivò alla locanda un signorotto, che diceva di essere di Milano. L'accento, con cui parlava, smentiva però la sua affermazione.

Nel corso del primo dopocena alla locanda, ci raccontò la storia della sua vita, tenendo per tutto il tempo Guglielmo sulle sue ginocchia.

Sir Albert di Lacock non era milanese, ma proveniva dalla lontana Inghilterra, anche se a Milano trascorreva spesso lunghi periodi di vacanza nella dimora di un suo carissimo amico di gioventù. Grazie al suo sostanzioso patrimonio, non aveva bisogno di lavorare e dedicava la sua esistenza interamente allo studio.

Nello specifico, era un profondo conoscitore dell'antica civiltà romana, che in tempi ormai remoti – ci raccontò – si era estesa addirittura fino al suo Paese, dove esistevano ancora numerose testimonianze.

Era diretto ad Aquileia, dove avrebbe soggiornato per qualche mese allo scopo di raccogliere e studiare reperti latini, ma lungo il tragitto aveva deciso di deviare il suo percorso per verificare in quali condizioni versassero le vestigia di Julia Concordia; io personalmente ignoravo che quel villaggio di povera gente avesse avuto un passato glorioso!

Ad un certo punto, io e Alice ci ritirammo per rassettare la cucina, mentre Guglielmo, Amadio e Apollonia restarono in compagnia del nostro illustre avventore, che li intrattenne raccontando l'Inghilterra dal suo punto di vista.

Non avevo mai visto Guglielmo così eccitato come quella sera: aveva una vera e propria venerazione per quel forestiero, che cominciò subito ad imitare.

Accortosi di aver fatto breccia nel cuore di mio figlio, sir Albert gli diede corda e cominciò a parlargli come se stesse trattando con un cavaliere.

«Da ora in avanti, mio prode,» gli annunciò in tono solenne, «non sarai più Guglielmo il locandiere, ma sir William di Lugugnana.»

Uscii dalla cucina, diretta al loro tavolo per recuperare i piatti sporchi, proprio in quel momento. Il sangue mi si gelò nelle vene, mentre il neo eletto "cavaliere" raggiunse Alice in cucina per avvertirla che, da quel preciso istante, avrebbe dovuto chiamarlo sir William.

Poi venne verso di me: «Madre, da oggi sono sir William; non siete contenta?»

«Certo, tesoro, ma trovo che il tuo vero nome sia bellissimo e non capisco per quale motivo tu debba cambiarlo.»

«Se mi permettete, Madonna Rosmunda,» intervenne sir Albert, strizzandomi l'occhio, «vorrei farvi notare che a vostro figlio non è stato cambiato il nome, ma solo tradotto: in Inghilterra William è il corrispettivo del vostro Guglielmo.»

In quel momento, i miei pensieri non poterono che rievocare il lontano ricordo del padre di mio figlio. Subito dopo il parto, la mia nuova famiglia, ignara come me che William e Guglielmo fossero la stessa cosa, avevano dato al piccolo il nome di quel padre, che non avrebbe mai conosciuto. Quello non poteva che essere un segno del destino!

Quella notte non chiusi occhio, mentre Guglielmo, al mio fianco, parlò a lungo nel sonno di valorose gesta, tornei e duelli.

Due giorni dopo, di buon'ora, sir Albert raccolse le sue cose e partì alla volta di Aquileia, tra le urla e le lacrime di Guglielmo, che avrebbe voluto a tutti i costi partire con lui.

Sembrò calmarsi solo quando sir Albert gli disse: «Mio fedelissimo sir William, i cavalieri non fanno i capricci! Resta qui a proteggere il nostro castello in nome di Re Henry d'Inghilterra e al mio ritorno banchetteremo di nuovo assieme.» Detto ciò, partì. Tutti sapevamo che il suo era un addio e non un arrivederci, come invece Guglielmo credeva.

Da quel giorno in avanti, il chiodo fisso di Guglielmo divenne l'Inghilterra – chissà cosa avrebbe detto se avesse saputo che la sua nonna paterna era davvero inglese – e pretese che tutti lo chiamassero William, eccezion fatta per me, che quel nome proprio non riuscivo a pronunciare.

Lugugnana
Novembre 1511 - Giugno 1513

Alla fine di novembre del 1511, poche settimane dopo aver varcato la soglia dei 98 anni, nonna Alice morì.

Lucidissima fino a qualche giorno prima, aveva insistito perché mandassi a chiamare un notaio di Portogruaro, davanti al quale dichiarò la sua volontà di lasciare tutti i suoi averi a me e ad Amadio, che tra l'altro sei anni prima si era sposato, portando sua moglie a vivere con noi e a collaborare nella gestione della locanda.

Qualche giorno prima che Alice morisse, vedendo che la situazione stava precipitando giorno dopo giorno, mi feci coraggio e le chiesi chi fosse Ubaldo, a cui quella sera di tanti anni addietro aveva fugacemente accennato, consegnandomi la sua veste per Amadio, e che in seguito non avevamo mai più nominato.

Ubaldo era il figlio di Alice. Nonostante fosse nato prematuro – per fatalità, quindici giorni prima che il padre venisse barbaramente ucciso da mano ignota poco distante dalla locanda – egli era un bambino bellissimo e aggraziato, pieno di vita e con tanti amici sempre al suo seguito.

Un giorno, per gioco, uno di questi lo accusò di essere sì tanto bello quanto pusillanime di fronte al pericolo. Deciso a dimostrare il contrario, Ubaldo chiese, allora, ai suoi amici di essere messo alla prova e il Giuda del gruppo lo sfidò a recuperare un oggetto, che sarebbe stato gettato nel pozzo del *Césiol*.

Con una lucidità straordinaria per la sua veneranda età, Alice mi spiegò che il *Césiol* era un antichissimo edificio sacro, distrutto ormai da moltissimo tempo, nei cui pressi vi era un altrettanto vetusto pozzo, da cui però nessun paesano attingeva più acqua da tempi immemori.

Gli amici di Ubaldo rinvennero tra i ruderi del *Césiol* un piccola campana arrugginita, la scagliarono nel pozzo e attesero beffardi che lui l'andasse a riprendere.

Sprezzante del pericolo, Ubaldo si calò nel pozzo, ma qualcosa là sotto dovette andare storto, perché non riemerse più.

I suoi compagni restarono lì a lungo ad aspettarlo, ma inutilmente; fino a quando dei contadini, di ritorno dai campi, non li interrogarono e presagirono la disgrazia, dando subito l'allarme.

Nel frattempo, era giunta la sera e con essa l'oscurità; nonostante la grande stima di cui godeva Alice, nessuno accettò di farsi calare nel pozzo per verificare se Ubaldo fosse vivo o morto.

A quel punto del racconto, le condizioni di salute della vecchia Alice si aggravarono e la sua mente si annebbiò, impedendomi così di conoscere fino in fondo la storia di quello sfortunato bambino. Rimase in quello stato di incoscienza per circa due giorni e poi rese serenamente l'anima a Dio.

Il funerale venne celebrato il pomeriggio successivo e ricordo ancora oggi la grande partecipazione del paese al nostro lutto.

La storia di Ubaldo mi aveva instillato nel cuore molta tristezza, ma il sincero cordoglio dei paesani e il pensiero insistente che madre e figlio fossero finalmente di nuovo insieme mi restituirono prontamente la serenità.

Rincasando al termine delle esequie, fui sopraffatta da una gran voglia di casa. Da sedici anni non facevo più ritorno a San Mauretto: prima perché in fuga da un uomo e poi perché troppo assorta dalla gestione della locanda.

Amadio e la moglie erano abbastanza grandi e preparati per poter gestire il lavoro da soli; e poi c'era anche Guglielmo, che mio malgrado continuava a farsi chiamare William e che aveva manifestato il suo desiderio di continuare a fare il locandiere. Già da qualche anno, gli avevo raccontato la mia storia – dal rapimento al matrimonio imposto, dalla fuga e arrivo a Lugugnana alla scoperta della gravidanza – mentendogli però sulla morte di suo padre: anche se in realtà non sapevo come fossero andate le cose dopo la mia fuga da William, gli avevo assicurato che il morso della serpe non gli aveva lasciato scampo.

***

Partii qualche giorno dopo, tra la commozione dei miei familiari, in groppa ad un asino, determinata a verificare se ci fossero le condizioni per un rientro definitivo nel mio paese natio.

Lungo il tragitto, ripensai alla mia casetta, alla riva del fiume, nel quale avevo visto scomparire mio padre e mia sorella, a mia nonna Caterina e alla sua tomba; e immersa in quei pensieri, arrivai velocemente alle porte di San Mauretto.

Qualcosa era cambiato: c'erano alcune case nuove e altre, di cui conservavo il ricordo, erano invece scomparse. La cosa più impressionate era però la sensazione di estraneità a quel contesto, che provavo nel mio cuore. Non riconoscevo i volti delle persone, che mi scrutavano con curiosità al mio passaggio, credendomi una forestiera. Era mai possibile che non ci fosse più una persona a San Mauretto in grado di ricordarsi di Rosmunda?

Mentre in groppa all'asino mi dirigevo verso la mia vecchia casa, il senso di disagio, che provavo di fronte a quella gente, continuava a crescere in me. Cominciai a pensare che forse sarebbe stato meglio se me ne fossi rimasta a Lugugnana. Avevo lasciato quel borgo quando ero solo una ragazza di sedici anni e vi stavo facendo ritorno dopo una lunghissima assenza.

Imboccando finalmente il vialetto che conduceva dritto dritto alla mia casa e in cui speravo di ritrovare un po' di tranquillità, restai pietrificata a causa di ciò che mi si parò davanti: la mia vecchia dimora non c'era più e al suo posto sorgeva una piccola edicola sacra, nella cui nicchia c'era un affresco. Senza rendermene conto, scesi dall'asino e restai imbambolata a fissare quel capitello.

«Bello, vero?» ruppe il silenzio una bambina, che mi si era avvicinata, a differenza dei suoi amichetti, che mi stavano osservando, restando però nascosti. «Ci vengo ogni giorno a portare un fiore. L'ha fatto un pittore che vive in montagna e raffigura la Vergine Maria, Gesù bambino e sant'Antonio da Padova. Perché non parli? Sei muta?»

Ripresami un pochino dallo sconcerto, trovai la forza per chinarmi e assicurarle che quell'affresco mi piaceva tantissimo; sorniona, cercai di approfondire l'argomento: «Da molti anni non vengo più in questo paese. Devi sapere che io sono sempre in viaggio e talvolta, nelle mie peregrinazioni, mi capita di ritornare in posti già visitati. Mi hai visto così sorpresa, perché ricordo chiaramente che in questo punto sorgeva una vecchia casa, in cui vivevano una vecchia signora e sua....»

«Shhhhhh» mi zittì, «non nominarle! Erano due streghe e quando la più giovane, alla morte della vecchia, è scappata nei boschi, tutte le vergini del paese sono state impegnate nella demolizione della casa e, per liberare questo luogo dalla presenza del Demonio, è stato costruito il capitello che ti sta di fronte.»

A quelle parole, avvampai in viso. Come era possibile? Non ero scappata nei boschi! Ero stata rapita e obbligata a sposarmi con uno sconosciuto. Perché Teresa e Menego, i locandieri, non avevano detto la verità? Perché avevano permesso che il mio nome venisse infangato in quel modo?

Respingendo le lacrime che quella rivelazione dolorosa mi aveva fatto salire agli occhi, mi costrinsi a restare calma: non potevo certo rivelare la mia identità a quella vispa bambina, che sicuramente avrebbe diffuso la notizia con la velocità di un lampo.

Dopo tanti anni di sacrifici, era straziante constatare che non sarei potuta restare nel mio borgo natale, come avevo invece progettato e sperato. Improvvisamente mi sentii un'estranea a casa mia. Avevo perso le mie radici e ciò che era stato detto sulla mia misteriosa scomparsa nel bosco mi condannava alla *damnatio memoriae*.

Al quel punto non avevo alternativa: il giorno seguente avrei fatto ritorno a Lugugnana, dove ad attendermi c'erano i miei cari.

Chiesi alla bambina se sapesse indicarmi una locanda in cui passare la notte e quella spavaldamente mi informò di essere proprio la figlia del locandiere del paese, subentrato da qualche anno al vecchio Menego.

Prendendomi per mano, mi trascinò fino alla locanda, mi introdusse rumorosamente e, presentandomi a suo padre, pretese che mi fosse assegnata la stanza migliore.

Rimediò un sonoro ceffone a causa della sua spavalderia e immediatamente le venne intimato di ritirarsi senza cena.

La piccola scappò via piangendo, prima che la potessi ringraziare per le sue travolgenti attenzioni, ma sentivo che l'avrei rivista molto presto.

Scrutavo il locandiere, scavando nella mia mente, perché avevo la quasi totale certezza di averlo già incontrato prima di quel momento.

«Madonna, vi prego di scusare mia figlia,» si biasimò, «ha un carattere incontenibile. Mi rimetto ad ogni vostro ordine. Mi chiamo Arturo e vi auguro una buona permanenza nella mia umile locanda.»

Detto ciò, si esibì in un inchino tanto reverenziale da farmi sentire una regina.

Non appena l'oste aveva pronunciato il suo nome, una tempesta di emozioni e ricordi, che credevo ormai sopiti da tempo, mi travolse, riportandomi alla memoria l'identità di quell'uomo, che sapevo di conoscere.

Arturo era il cocchiere e l'uomo di fiducia di William, con il quale era stato complice del mio rapimento. La folta capigliatura e il pizzetto corvino di un tempo avevano, dopo quasi vent'anni, lasciato il posto a dei canuti e radi capelli, che incorniciavano un volto precocemente vecchio e rugoso.

Mi tranquillizzò il modo in cui mi accolse; era chiaro che non mi avesse riconosciuta; dopo tutto, erano passati quasi vent'anni anche per me! Mi venne assegnata una stanza davvero molto confortevole, nella quale, dopo cena, si intrufolò furtiva la piccola peste.

«Mi dispiace per come ha reagito tuo padre prima,» le dissi, tentando di discolparmi per l'accaduto.

«Non ti preoccupare,» disse sorridendo, «è solo uno dei tanti scapaccioni che prendo nell'arco della giornata. Le mie guance ci hanno fatto l'abitudine e, quando vengono colpite, non sentono quasi più dolore.» Restò in silenzio per qualche istante e poi riprese: «Mi chiamo Carolina e ho sette anni e mezzo; sono nata in questa casa, ma mio padre è arrivato qui dalla montagna molti anni fa. Sai che due giorni fa, mia mamma ha dato alla luce il mio primo fratellino?»

«Io invece mi chiamo Rosa,» le mentii, temendo che il mio vero nome, così poco comune, potesse risvegliare vecchi ricordi; certamente non a lei, ma in qualcuno, a cui avrebbe potuto raccontarlo.

«Sei contenta di avere un fratellino?» le chiesi, tentando di spostare la conversazione su altri argomenti, ignara del fatto che proprio in quel modo mi sarei tirata la zappa sui piedi da sola.

«Sì, sono felicissima,» s'illuminò dicendolo, «però non mi piace quell'impronunciabile nome, con il quale mio padre si è incaponito di chiamarlo!»

«Ricordati, tesoro,» dissi, tentando di darle un buon consiglio, «che nessun nome è brutto, perché ogni cosa ha una sua origine e ragione; se ti impegni a scovarla, vedrai che anche tu apprezzerai la scelta di tuo padre.»

«Voi grandi interpretate sempre le parole di noi bambini in modo sbagliato!» mi rimproverò. «Il nome non mi piace, perché è impronunciabile e foresto!»

«Perdonami, non volevo sminuire il tuo pensiero,» mi scusai. «Ora, però, sono proprio curiosa di sapere qual è il nome del tuo fratellino.»

Carolina si preparò mentalmente e corporalmente allo sforzo mnemonico e cominciò a scandire: «U-I-L-I-A-M. Trova tu l'origine di questo nome, se sei tanto brava! Io, invece, posso solo dirti che è il nome di un vecchio amico di mio padre. Ci ha lasciato tutti i suoi averi e abbastanza denaro, che ci ha permesso di comprare questa locanda.»

Sentivo che un'altra tempesta di emozioni stava per abbattersi nuovamente su di me! Ma la convinzione che quel William, di cui parlava la piccola, fosse chi io pensavo mi suggeriva di andare avanti con quella conversazione.

«E tu, Carolina, hai conosciuto il vostro benefattore? Vuoi raccontarmi qualcosa di lui?»

Sgargiante per tanta attenzione, che di solito gli altri non le davano, continuò il suo racconto: «Sì, l'ho conosciuto molto bene! È vissuto con noi fino a pochi mesi fa. Poverino, io gli volevo tanto bene, anche se lui era sempre tanto triste. Con me si sforzava di fare qualche sorriso, ma la sua malinconia era davvero incurabile. Un giorno, la mamma mi ha confidato che stava così, perché la sua amata l'aveva abbandonato. Non aveva neanche il conforto di poter fare qualche passeggiata, perché a causa del morso di una serpe gli era stata amputata una gamba.»

Stavo sudando come in un'afosa giornata di luglio, anche se fuori il paesaggio veniva imbiancato da corposi fiocchi di neve, che per la prima volta in quel dicembre 1511 facevano la loro comparsa.

«E adesso perché non vive più con voi?» le chiesi con un nodo in gola, che pensavo mi avrebbe soffocata entro pochi minuti.

«Non vive più con noi,» mi spiegò, «perché Gesù ha voluto portarselo via. La mamma mi ha detto che una sera è entrato nella locanda – io ero già a dormire – e gli ha chiesto di partire con lui. Così se n'è andato senza neanche salutarmi!» Detto questo, si alzò e sgattaiolò fuori dalla mia stanza.

Rimasi a lungo seduta immobile a riordinare le mie idee. William, l'uomo che tanto avevo odiato e che alla fine ero riuscita a relegare in un angolo recondito della mia mente, era vissuto, tormentandosi nel mio ricordo e condannandosi ad un'esistenza di disperazione e oblio. Chissà, chiesi a me stessa, sapendolo vivo, se avessi avuto il coraggio di raccontare a mio figlio tutta la verità! Umanamente mi dispiaceva per la sua miserabile condizione, ma non potevo perdonargli ciò che mi aveva fatto, per cui decisi di non angustiarmi ulteriormente con il suo ricordo e di coricarmi senza ulteriori indugi, perché il giorno seguente sarei ritornata dalla mia famiglia a Lugugnana, non prima però di aver rivisto la tomba di mia nonna e il fiume.

*　*　*

Come sperato, fu una notte di riposo.

Quando le prime luci del nuovo giorno cominciarono a filtrare attraverso le fessure dei balconi, mi destai riposata e serena.

Scesi al piano terra, dove già da qualche ora l'oste Arturo e il suo garzone avevano un gran daffare. Consumai una frugale colazione e pagai il conto. Augurando a tutti una buona giornata, me ne andai, raccomandando che venisse dato un grosso bacio a Carolina da parte mia.

Fuori dalla locanda, trovai il mio asino già pronto a partire, ma prima di allontanarmi, forse per sempre, da San Mauretto avevo due cose da fare.

Seguendo il sentiero, che portava al fiume, lasciai che i tanti ricordi riaffiorassero alla mia mente, anche quello dolorosissimo in cui vedevo mio padre e mia sorella inghiottiti dai flutti. Una volta giunta a destinazione, mi inginocchiai e recitai delle preghiere in loro memoria, supplicandoli di vegliare da lassù su tutti i miei cari.

Poco dopo, arrivai alle porte del piccolo cimitero del borgo, ancora ignara della cocente delusione di cui sarei stata vittima: la tomba di mia nonna, infatti, non c'era più, perché dopo tanti anni aveva lasciato il posto ad altre sepolture.

Ricordavo, comunque, esattamente il punto in cui si trovava e, davanti ad una vecchia croce di legno di chissà chi, recitai le mie preghiere di suffragio alle anime di mia madre e di mia nonna; dopo tutto, in qualche punto lì sotto c'erano ancora i loro resti.

Attorno a me, notai alcune recenti sepolture e non potei evitare di pensare che in una di quelle potesse esserci il corpo di William. Recitai anche per lui una prece e mi allontanai, augurandogli un eterno riposo.

Uscendo dal recinto cimiteriale, rivolsi lo sguardo verso il monastero, in cui avevo contratto matrimonio contro la mia volontà, e mi balzò subito agli occhi lo stato di abbandono in cui versava.

Guardando meglio mi accorsi che nel piccolo chiostro, un tempo luogo di meditazione dei monaci, stavano pascolando delle pecore, che erbacce crescevano un po' ovunque e che i solai erano crollati in più punti. Entrai, attraversai il chiostro e raggiunsi la cappella, in cui era affrescata la Madonna del Latte, ma anche in quel caso la delusione fu grande: l'umidità aveva deteriorato irreparabilmente l'affresco, di cui si intravvedevano appena le fattezze. Nel refettorio c'era, invece, una piccionaia, da cui proveniva un vociare indistinto di colombi e un insopportabile puzzo di guano. Uscii dal monastero disgustata e sinceramente dispiaciuta a causa di ciò che vi avevo visto.

Era, dunque, arrivato il momento di andarmene. Montai in groppa al mio asino e orientai i suoi passi in direzione di Lugugnana.

Nel mio cuore c'era un'infinita tristezza, non solo per l'addio al borgo natio, ma soprattutto perché tutto ciò che rappresentava la mia vita, prima dell'infausto incontro con William, non esisteva più.

Solo quando fui di nuovo a Lugugnana, mi sembrò che il mondo attorno a me riprendesse un po' di colore. Tutti furono felicissimi di riabbracciarmi.

Nel giro di pochi giorni, la nostra esistenza tornò alla normalità, restituendoci quella quotidiana tranquillità, con la quale neanche l'oggetto più prezioso al mondo può competere. Ero felice, serena e fiduciosa per il futuro, perché credevo di aver finalmente capito quale fosse il mio posto. Ahimè ignoravo quale terribile sventura avesse in serbo per noi il destino.

* * *

Il giorno di Pasqua del 1512, ci alzammo tutti di buon'o-
ra, desiderosi di trascorrere una felice giornata in famiglia, non prima però di essere andati in chiesa per lodare
e ringraziare l'Altissimo.

Uscimmo tutti insieme dalla locanda, io in testa seguita
dagli altri, come la chioccia con i suoi pulcini, salutando la
giunonica Bertina, moglie di Amadio, che sarebbe invece
rimasta a casa per badare ai nostri ospiti e preparare il
pranzo pasquale.

Dopo un po', mentre dal pulpito il pievano stava tuo-
nando parole apocalittiche e di ammonimento, un uomo
irruppe in chiesa, stramazzando a terra.

In brevissimo tempo, tutti si precipitarono in suo aiuto, cercando anche di capire chi o cosa l'avesse ridotto in
quello stato. L'uomo tossiva affannosamente e la fuliggi-
ne, che imbrattava il suo volto e le sue vesti, lasciavano
presagire un'unica cosa.

Il poveretto non riusciva ancora a parlare, quando un'altra persona arrivò urlando e invocando il nome di Dio in
preda al delirio.

In quel volto contorto e spaventato, riconobbi Madonna
Adalgisa, che da due giorni alloggiava alla nostra locanda
con suo marito. Le corsi incontro, tentando di capire cosa
l'avesse sconvolta tanto. Anche lei era ricoperta da una
densa polvere nera. Mi cadde tra le braccia, perdendo i
sensi.

Mentre trascinavo la poveretta in un angolo della chiesa, sperando che si riprendesse e mi spiegasse finalmente
che cosa fosse successo, un urlo disumano mi distolse da
qualsiasi altro pensiero.

Proveniva dalla bocca di Amadio, che stava in ginocchio
davanti all'uomo che aveva interrotto la messa.

Continuavo a non capire, poi il mio sguardo incrociò quello sconvolto di mio figlio, che teneva in braccio il piccolo Guerrino, figlio di Amadio e Bertina, e tutto mi fu chiaro.

Guglielmo si mosse verso di me e, quando mi fu sufficientemente vicino, disse con voce strozzata: «Abbiamo perso tutto! La locanda è in fiamme.»

«Com'è successo?» Gli domandai sconvolta e stordita.

«Forse Bertina ha messo troppa legna sul fuoco. Non lo sapremo mai; ormai è inutile torturarci con stupide domande.»

«Manda in fumo i sacrifici di una vita,» sbottai con asprezza, «e pensi che non le chieda spiegazioni?»

In quel momento, copiose lacrime cominciarono a sgorgare dagli occhi di Guglielmo: «Bertina è morta nell'incendio, non è riuscita a mettersi in salvo.»

* * *

Nel rogo della locanda perdemmo anche la mia adorata e fedele Apollonia; la sua veneranda età aveva rallentato i suoi riflessi, irrigidito le sue membra ed esaurito le sue sette vite. Anche per lei piansi amaramente: per anni era stata al mio fianco, assecondando ogni mio umore e decisione e non chiedendo altro in cambio che un po' di affetto.

Una volta finito di piangere tutte le nostre lacrime, ci restò il gravoso onere di ricostruire la nostra esistenza.

Com'era prevedibile, Amadio non accettò con cristiana rassegnazione il brutto scherzo giocatoci dal destino. Per molti giorni, restò in uno stato di totale apatia, tanto da farci credere che la sua ora fosse giunta: non mangiava, quasi non beveva e non rispondeva ad alcuno stimolo, neanche alle tenere carezze, che suo figlio Guerrino gli riservava. Tutto in lui sembrava essersi inaridito, anche l'amore verso suo figlio che, anche se ancora molto piccolo, non solo doveva già dolorosamente accettare l'assenza della madre, ma non si vedeva neppure risparmiare lo strazio di un padre, che per scelta aveva deciso di lasciarsi morire di crepacuore.

Il dodicesimo giorno successivo all'incendio, le condizioni generali di Amadio si aggravarono a tal punto che fummo costretti a chiamare il prete, pensando, ormai rassegnati a quell'ennesima disgrazia, ad una tragica conclusione. Il prete gli passò sulla fronte marmorea l'olio santo e, inginocchiandosi, pregò a lungo al suo capezzale.

Alla fine un miracolo parve compiersi: un roseo colorito ridipinse le gote del mio sfortunato amico e, al suono della voce di suo figlio, copiosi lacrimoni sgorgarono dalle sue palpebre, che per il momento continuavano a restare chiuse. Non potevamo certo pretendere che tutto si risolvesse in un batter d'occhio, ma la reazione avuta ci dava la forza per ricominciare.

Amadio aveva scavato nel suo cuore e in quell'abisso aveva ritrovato l'amore di suo figlio e di tutti noi, ma soprattutto aveva scoperto il coraggio di andare avanti perché, come mi aveva avvertito la mia cara nonnina molti anni addietro, *aliquando enim et vivere fortiter facere est.*

Nei giorni immediatamente successivi all'incendio, ci sistemammo nella casa del vecchio Batta, un vedovo mite e buono, che gentilmente ci aveva offerto ospitalità in cambio di qualche piccolo aiuto domestico e di un po' di compagnia.

Ringraziando il buon Dio, anche se per l'ennesima volta dovevamo ricominciare tutto da capo con l'animo appesantito dai vecchi e dai nuovi dispiaceri, la nostra vita ritornò lentamente alla normalità.

***

Ci vollero parecchi mesi prima che Amadio ritornasse completamente se stesso e, in tutto quel lungo periodo, a prendersi carico del nostro sostentamento fu Guglielmo, che aveva trovato occupazione come apprendista nella bottega dell'unico falegname di Lugugnana.

Mio figlio aveva all'epoca 17 anni: era ormai diventato un uomo! Ero una madre orgogliosa e fiera; la sua sola presenza mi ripagava di ogni sforzo e, ringraziando il Cielo che fosse al mio fianco, la violenza usatami da suo padre mi sembrò col tempo meno tremenda.

Ripensavo spesso a William, soprattutto da quando ero venuta a conoscenza del triste epilogo della sua vita, ma il suo ricordo era per me ancora motivo di risentimento e rabbia.

Ogni tanto, Guglielmo riusciva con la storia dell'Inghilterra e, con gli occhi persi di chi sogna mete lontane, mi diceva: «Madre, un giorno ci andremo insieme.»

***

Era una tiepida giornata di metà maggio quando, a poco più di un anno di distanza dallo spaventoso incendio in cui Bertina e Apollonia avevano perduto la vita, Amadio ci comunicò la sua sofferta, ma – secondo lui – necessaria decisione. Sarebbe, infatti, partito per un ancora imprecisato luogo dove, lontano da quel mondo pieno di ricordi, avrebbe cercato di dimenticare il passato e di ricominciare una nuova vita con suo figlio Guerrino.

A tale annuncio, mi si lacerò il cuore, perché dopo così tanti anni consideravo Amadio come un figlio e il pensiero che, da quel momento in avanti, non lo avrei più rivisto mi provocò dolore e disperazione. Capivo però le sue ragioni e avvertivo che anche per lui quel distacco era fonte di dolore, per cui preferii non aggiungere altre angosce alla sua già travagliata esistenza.

Amadio e Guerrino partirono l'indomani, prima dell'alba, andando incontro ad una nuova vita. Augurai loro di essere felici e regalai ad entrambi un talismano, che nel corso della notte avevo caricato di energia positiva, seguendo un rito insegnatomi da mia nonna, quando ero solo una ragazzina.

Non seppi più alcunché di loro, né in bene né in male, e con il passare dei giorni, dei mesi e degli anni anche il loro ricordo si sbiadì, finendo relegato, insieme a molti altri, nei meandri più bui della mia mente.

* * *

Rimasti soli, Guglielmo ed io ci trovammo nella condizione di dover decidere cosa avremmo dovuto e voluto fare della nostra esistenza.

Il vecchio Batta aveva, oltre ogni nostra aspettativa, dato prova della sua generosità e bontà d'animo, ospitandoci nella sua casa per tutto quel tempo.

Non riuscivo, malgrado gli sforzi, a trovare alcuna soluzione, che a conti fatti potesse sembrare vantaggiosa per un giovane uomo e una ormai sfiorita donna senza marito. Avevo trentaquattro anni, compiuti da pochi giorni, e il mio aspetto era ancora abbastanza fresco e giovanile, ma tutto ciò non serviva a cancellare la mia più grande pecca agli occhi della gente: ero una zitella matura con un figlio grande, avuto chissà da quale incestuosa relazione.

I miei compaesani, anche se erano brave persone, non conoscevano le mie origini e non mi avevano vista nascere, ma arrivare un giorno con un ragazzino per mano e un altro nel ventre.

Fu grazie a Guglielmo che, finalmente, arrivò l'occasione di una svolta.

Nei giorni precedenti, subito dopo la partenza di Amadio, mio figlio aveva deciso di intraprendere, insieme a degli amici, un breve viaggio a Venezia, dove aveva intenzione di trattenersi per qualche giorno con lo scopo di trovare un'occupazione, che ci permettesse di ricominciare.

In quell'occasione, fece la fortunata conoscenza di un ricco signore di Milano, a cui aveva casualmente prestato soccorso dopo che dei delinquenti l'avevano aggredito, derubato e fatto cadere rovinosamente a terra durante la colluttazione.

Per ringraziarlo del suo coraggio e dopo essere venuto a conoscenza dei motivi che avevano spinto Guglielmo fino a Venezia, il gentiluomo gli aveva prontamente offerto la possibilità di lavorare al suo servizio in veste di primo scudiero.

Di fronte al dispiaciuto rifiuto di mio figlio, che si preoccupava di lasciarmi sola andandosene a Milano, il magnanimo signore gli aveva offerto la possibilità di portare anche me al suo servizio, magari come domestica o dama di compagnia della moglie, purtroppo gravemente malata.

Rientrato a Lugugnana e ottenuto dal ricco signore qualche giorno di tempo per poter valutare insieme a me la generosa offerta, Guglielmo mi mise alle strette, perché a suo dire non avremmo potuto sprecare una simile occasione.

Io ero un po' riluttante e timorosa: chi mi garantiva che quell'uomo fosse davvero un galantuomo e non un briccone, che alla prima occasione ci avrebbe derubato e abbandonato sul ciglio di una strada? Se avessi deciso di assecondare Guglielmo, saremmo dovuti partire l'indomani, senza ulteriori indugi. Per questo, temporeggiai, chiedendogli una notte di riflessione.

Prima di ritirarsi per la notte, mio figlio venne da me, mi baciò sulla fronte e, stringendomi forte fra le sue braccia, mi disse: «Non perdiamo l'occasione di essere finalmente felici.»

Fu una notte lunga e tormentata da tanti interrogativi. Volevo dare totale fiducia a Guglielmo, ma allo stesso tempo temevo che la sua giovane età non gli avesse ancora insegnato a fiutare gli imbrogli del mondo.

Quando arrivò l'alba, il mio animo era ancora in subbuglio, ma il cuore mi suggeriva di assecondare mio figlio e di lasciare che, per la prima volta, fosse lui a prendersi cura di me e non viceversa.

Guglielmo entrò nella mia camera con in mano un vassoio, sul quale aveva sistemato tre fette abbrustolite di polenta e una tazza di latte. Era fiducioso e speranzoso che in quella limpida giornata di giugno del 1513 il mio assenso a quel viaggio avrebbe cambiato il corso delle nostre vite.

Padova - Milano
Giugno 1513

Senza perdere tempo, che quasi non ce n'era, Guglielmo ed io ci preparammo e radunammo tutte le nostre cose – quelle poche scampate alle fiamme che avevano divorato la locanda – all'interno di due vecchi bauli, che il vecchio Batta aveva gentilmente messo a nostra disposizione.

Lo salutammo con le lacrime agli occhi, riconoscenti per quanto aveva fatto per noi da quando eravamo andati a vivere con lui.

«Per me oggi è come quando morì mia moglie» ci disse. «Perdo, per la seconda volta, la mia famiglia! Ma voi siete giovani ed io, invece, sono ormai giunto al tramonto. Vi auguro tanta fortuna, gioia, salute e serenità.» A quel punto, con gli occhi gonfi di lacrime, si girò e, dandoci le spalle, rientrò in casa per non vederci partire.

Guardammo nostalgici per l'ultima volta – e lo era davvero – Lugugnana; non vi avremmo mai più fatto ritorno: il nostro era un addio.

Il vecchio carro, su cui avevamo sistemato le nostre poche cose e su cui avevo ricavato un po' di spazio anche per me, cominciò lentamente a muoversi, trainato da un giovane asino, che Guglielmo aveva acquistato ad un ottimo prezzo dal cognato di Batta.

Ci attendeva un lungo viaggio fino a Padova, dove il ricco signore si sarebbe spostato da Venezia per concludere alcuni affari e ci avrebbe atteso fino al giorno di Sant'Antonio per condurci con il suo seguito a Milano.

Il viaggio durò cinque giorni, rallentato in più tratti soprattutto a causa del fango, che imbrattava le strade. Quella appena passata, infatti, era stata una stagione molto piovosa, a cui probabilmente il terreno non era preparato.

Avvistammo le mura di Padova nella tarda mattinata del 12 giugno 1513.

Non avevo mai visto qualcosa di simile in vita mia! I villaggi e le borgate, che avevo visitato fino a quel momento, non avrebbero potuto competere con quell'agglomerato, neanche mettendosi tutte insieme.

Entrammo in città da Porta Portello e subito ci trovammo catapultati in una realtà completamente diversa da quella a cui eravamo abituati: le strade erano piene di gente indaffarata; c'erano botteghe e chiese ovunque.

Oltrepassata la porta, seguendo una mappa che il ricco signore aveva dato a Guglielmo per poterlo raggiungere senza difficoltà, ci dirigemmo verso destra, continuando a costeggiare le alte mura, fino alla chiesa degli Eremitani; a quel punto, svoltammo a sinistra, addentrandoci in un reticolo di strade, che mi faceva quasi girare la testa.

Da quando eravamo entrati in città, una forte sensazione di solitudine aveva inondato il mio cuore: mi sembrava che in quel posto, ancora così poco lontano dai luoghi in cui ero vissuta fino a quel momento, non mi sarei mai potuta sentire a mio agio e, dopo tutto, non ce ne sarebbe stato neppure il tempo, visto che l'indomani, nel primo pomeriggio, saremmo ripartiti alla volta di Milano.

Guglielmo, probabilmente percependo il mio stato d'animo, tentò in tutti i modi di rassicurarmi, promettendomi che tutto sarebbe andato a buon fine e che molto presto avrei ritrovato la fiducia e il buon umore.

Nel frattempo, eravamo giunti alle porte del palazzo della famiglia Obizzi, presso cui soggiornava il ricco signore.

Guglielmo bussò al portone e, subito dopo, fece capolino un giovane servo, a cui mio figlio chiese di annunciarci a Don Rosario: finalmente conoscevo il nome di colui che sarebbe stato il mio padrone! Che strano effetto mi fecero quelle parole: l'unica persona che nella mia vita aveva tentato, contro la mia volontà, di essere il mio padrone, aveva fatto una brutta fine. Come sarebbero andate le cose con Don Rosario?

Quando il servo ritornò, ci comunicò che in quel momento Don Rosario era molto impegnato e che non avrebbe potuto darci subito il benvenuto, ma che l'aveva incaricato di portarci nelle cucine per consumare un generoso pasto.

L'attesa fu più breve del previsto: Don Rosario arrivò accompagnato dal padrone di casa, Don Gaspare degli Obizzi, e da sua moglie Beatrice.

Don Rosario Carmelo Pietro Angelico Serbelloni apparteneva ad uno dei più antichi e illustri casati nobiliari lombardi. Alla morte prematura del padre, era entrato in possesso di un patrimonio inestimabile, in cui si potevano annoverare infinite distese di terra, palazzi, navi mercantili e persino un'isola, che però neppure lui sapeva dire dove si trovasse esattamente.

In quella condizione di esagerata ricchezza, per non annoiarsi, aveva deciso di impiegare il suo tempo nel commercio di beni di lusso, che faceva arrivare direttamente dall'Oriente. Chiaramente appresi tutte queste informazioni sul suo conto solo in seguito.

Don Rosario era, inoltre, un uomo molto bello, sempre sfarzosamente vestito e i suoi occhi erano neri come la notte. Al nostro primo incontro, quel suo misterioso e tenebroso fascino mi creò un certo turbamento, perché non riuscivo a capire quale fosse l'inclinazione del suo animo.

Non appena vide Guglielmo, Don Rosario lo salutò amichevolmente con una pacca sulla spalla, ignorando la differenza di rango esistente tra di loro, e raccontò prontamente ai suoi anfitrioni il coraggio dimostrato da mio figlio durante l'aggressione subita a Venezia. Subito dopo, chiese a Guglielmo di presentargli sua madre.

Sapevo che al cospetto di un uomo del suo lignaggio avrei dovuto tenere lo sguardo rivolto verso il basso per evitare di incrociare il suo, ma l'energia, che si sprigionava da quelle nere pupille, mi costringeva a fissarlo intensamente.

Quando fummo uno di fronte all'altra, l'omaggiai con un inchino, ma ciò che fece lui fu davvero eccezionale e inaspettato: mi prese la mano e, con una gentilezza che solo un uomo del suo livello avrebbe potuto usare, la baciò con reverenza, come se fosse quella della Santa Vergine.

Vidi Don Gaspare e Donna Beatrice trasalire, probabilmente formulando in silenzio il mio stesso pensiero: un nobiluomo non può baciare la mano di una popolana!

«Mi rallegra,» Don Rosario esordì senza convenevoli o giri di parole, «aver trovato in voi un'amica sincera e leale; leggo nei vostri occhi grandi cose, che potranno tornarmi utili al nostro arrivo a Milano.»

Si congedò, augurandoci di trascorrere una buona notte, ricordando a Guglielmo che saremmo partiti nel pomeriggio del giorno successivo e pregando Don Gaspare di chiedere ai suoi servi un trattamento speciale per noi.

Non appena Don Rosario se ne fu andato, per la gioia Guglielmo cominciò a saltellare qua e là come un agnellino, mi abbracciò forte e mi promise un sereno futuro insieme.

Io partecipai al suo entusiasmo, ma le parole del nostro benefattore mi avevano lasciato una strana sensazione.

* * *

Quella notte finalmente, dopo quattro passate all'ad-diaccio, dormii comoda e serena. Feci anche un bellissimo sogno, che al mio risveglio scoprii avermi infuso un'energia inaspettata: dalle nebbie del tempo era riemersa mia nonna Caterina con Apollonia tra le braccia. Entrambe sembravano felici e mi sorridevano. Pensai ottimisticamente che, comunque fossero andate le cose, nell'aldilà avevo qualcuno che mi stava aspettando.

L'alba del nuovo giorno mi trovò dunque in splendida forma, completamente rigenerata e pronta ad affrontare quel nuovo capitolo della mia vita.

L'intera mattinata fu dedicata ai preparativi della partenza per Milano; il nostro carro era già pronto dal giorno precedente, ma Guglielmo si rese disponibile ad aiutare gli altri, mentre io diedi il mio contributo in cucina, preparando vivande per il viaggio, che sarebbe durato diversi giorni.

Partimmo nel primo pomeriggio, ben equipaggiati.

Don Rosario, elegantissimo in groppa al suo cavallo, dava gli ordini e tutto sembrava muoversi in perfetta armonia. I sorvegliati speciali erano sei carri, stracolmi di oggetti preziosi – mobili, vasellame, tessuti, spezie, suppellettili varie – e di animali molto strani e variopinti, che non avevo mai visto in vita mia.

Il corteo cominciò lentamente a muoversi e venne ordinato che le donne e i bambini restassero al riparo all'interno dei carri, temendo qualche imboscata, anche se non c'era ancora alcun pericolo in vista.

Per non contravvenire alle regole, Guglielmo mi pregò di restare sul carro, accovacciata tra i due bauli, che raccoglievano tutti i nostri averi.

Fu in quella noiosissima posizione che, senza rendermene conto, scivolai in un sonno profondo, cullata dalle oscillazioni del convoglio. Evidentemente dovevo essere molto stanca, visto che mi risvegliai quando stava già calando la sera e Don Rosario stava ordinando di arrestare il corteo per una breve sosta per permettere ai cavalli di mangiare, bere e riacquistare nuove forze. Dato che si procedeva lungo un percorso ben noto al padrone e alla sua scorta, il viaggio sarebbe continuato anche di notte.

Quando ebbe finito di ristorare il nostro mulo, Guglielmo salì sul carro e, porgendomi pane, formaggio e una tazza di vino, che facevano parte delle provviste con cui eravamo partiti da Lugugnana, mi raccomandò di restare ancora accovacciata tra i due bauli, almeno fino a quando l'alba del nuovo giorno non avesse di nuovo illuminato quelle terre.

Con lo stomaco pieno, tutto sembrava diverso, anche se la spossatezza di mio figlio non mi passò inosservata, provocandomi una grande apprensione. Non volevo, però, farglielo notare, perché in quel nuovo contesto era lui a prendersi cura di me e non il contrario, com'era invece sempre stato da quando era venuto alla luce. Pregai a lungo il buon Dio, perché gli infondesse la forza necessaria per affrontare la lunga notte.

Milano
Giugno - Luglio 1513

Arrivammo alle porte di Milano con quasi un giorno di ritardo, rispetto a quanto previsto inizialmente, a causa di un manipolo di briganti, che nel corso della notte precedente, in un'ora prossima all'alba, aveva tentato di saccheggiare le preziose carrozze di Don Rosario.

Per nostra fortuna, furono i delinquenti ad avere la peggio, soprattutto perché si erano arrischiati ad attaccarci quando il dio Bacco aveva già completamente annebbiato le loro menti.

L'assalto avvenne in territorio milanese, precisamente nei possedimenti di Don Rosario, che ordinò ai suoi fidi, tra cui si poteva ormai annoverare anche mio figlio, di mozzare la mano destra di tutti i briganti catturati per dare loro una severa punizione.

Sfortunatamente per Guglielmo, quando Don Rosario pronunciò quelle parole, lui era intento ad immobilizzare uno di quegli uomini senza legge, che si dimenava energicamente per potersi dare alla macchia.

«Ragazzo, è tutto tuo,» gli disse Don Rosario, «a te, mio prode, il grande onore di spiccargli la mano.»

Dal carro, su cui ancora mi trovavo, vidi Guglielmo sbiancare in volto, terrorizzato da ciò che gli era stato chiesto di fare. Messo di fronte all'impossibilità di rifiutare quell'ordine, che nel contempo era anche un gesto di fiducia e stima accordatogli dal padrone, si vide costretto a sorridere e ringraziare.

Mentre vedevo gli uomini di Don Rosario legare i sei briganti acciuffati per prepararli all'amputazione punitiva, non potevo non riflettere sul fatto che, senza ombra di dubbio, l'uomo fosse l'unico animale in natura a possedere il sentimento della crudeltà. Certamente quegli uomini avevano sbagliato ed era giusto punirli, in un modo o nell'altro, ma quell'accanita e bramosa sete di vendetta, vissuta con entusiasmo, mi provocò molta tristezza.

Calarono i primi fendenti sulle mani dei malcapitati e poi venne il turno di Guglielmo. Si avvicinò al brigante, a cui avrebbe reciso la mano, bianco come la neve e imperlato di sudore. Temevo che sarebbe potuto svenire da un momento all'altro.

Incitato dai compagni di viaggio, alzò la scure verso l'alto e, tenendo gli occhi chiusi, scagliò la lama verso il basso. Il colpo non andò a buon fine e recise solo la punta di due dita al malcapitato che, tra le risate di tutti, urlò per il dolore, mentre il sangue schizzava copioso ovunque.

Guglielmo fu costretto a ripetere l'operazione, imponendosi la massima concentrazione. Calò un colpo vigoroso e deciso, che mozzò di netto la mano, facendola rotolare per diversi metri, lontana da quel braccio a cui per tanti anni era rimasta attaccata.

Cauterizzati con ferri roventi i moncherini dei briganti, il nostro viaggio riprese per compiere l'ultimo breve tratto, che ci separava dal palazzo di Don Rosario.

Non appena tutti furono tornati alle loro faccende, Guglielmo si precipitò da me e, affondando il viso tra i miei seni, pianse lacrime amare.

Il mio cuore traboccava di dolore, pensando alla sofferenza che mio figlio stava provando in quel momento, anche se – ne ero certa – quella prova così dura e crudele gli sarebbe sicuramente servita per il futuro.

* * *

Il nostro ingresso a Milano fu per me motivo di gioia, ma soprattutto di meraviglia e curiosità. Non avevo mai visto nella mia vita una città vera e propria, così viva e caotica, in cui lo sfarzo e il degrado convivevano l'uno accanto all'altro. Mi impressionò principalmente – lo ricordo ancora – notare quanti mendicanti ci fossero al ciglio delle strade e sui sagrati delle chiese, speranzosi che qualche buon'anima portasse loro un tozzo di pane. In quel momento, tra l'euforia per l'esperienza che stavo vivendo, capii quanto fosse più fortunata la gente di campagna, che si aiutava fraternamente e reciprocamente. A Milano, invece, regnava una sorta di indifferenza nei confronti degli altri, soprattutto dei più bisognosi.

Entrammo in città dalla Porta Orientale.

La prima cosa che ci si parò davanti, subito dopo aver oltrepassato il bastione, fu un enorme e vetusto complesso monastico, che in seguito scoprii essere quello di San Dionigi. Percorremmo un rettilineo, prima di giungere in una brulicante piazza, dove si ergevano una chiesa, intitolata a san Babila, e una colonna, su cui svettava la statua di un leone, che per me era del tutto rassomigliante a quello marciano: effige a cui per ovvi motivi ero molto legata e che mi faceva sentire un po' più a casa.

Dopo aver percorso un complicato ed intricato labirinto di strade e viuzze, ci arrestammo di fronte ad un importante e sfarzoso portone ligneo, che celava alla nostra vista chissà quali meraviglie.

Un cavaliere del seguito di Don Rosario urlò a squarcia gola una parola, che non riuscii a capire, e subito quel gigante di legno cominciò a spalancarsi.

I carri lentamente ripresero a muoversi e uno alla volta sparirono al di là del portone, finché non venne anche il nostro turno. Il ronzino e il diroccato carretto, con cui eravamo partiti da Lugugnana, tradiva la nostra umile origine e non ci sfuggirono le risatine di scherno, che diversi servi del sontuoso palazzo ci riservarono come benvenuto.

L'ira di Don Rosario, però, non si fece attendere: quando venne informato dell'accaduto da un suo uomo di fiducia, non esitò a sbattere sulla strada quei servi, minacciando pesanti ritorsioni.

Non riuscivo a capire – e questo m'inquietava – quale motivo spingesse un uomo potente e in vista come lui a pretendere per noi assoluto rispetto e a riservarci così tante gentilezze.

Nel frattempo, in attesa di ordini, io e Guglielmo restammo sul nostro carro, sperando che prima o poi qualcuno ci dicesse dove andare e cosa fare.

Inaspettatamente fu Don Rosario in persona ad avvicinarsi a noi e, porgendomi la mano, mi pregò di scendere. Quell'uomo continuava a stupirmi e turbarmi allo stesso tempo.

«Fedele amico,» disse a Guglielmo, «porta il tuo ronzino nelle stalle, perché venga rifocillato, e poi vai a riposarti, perché leggo molta stanchezza nei tuoi occhi; non temere per tua madre! Accanto a me sarà al sicuro e ricordati che ti aspettiamo per cena; lo stalliere ti dirà come raggiungerci.»

Mi allontanai da Guglielmo al braccio di Don Rosario, continuando a guardare mio figlio con tenerezza, ma senza proferir verbo.

«Madonna Rosmunda,» riprese dopo un lungo silenzio, «l'avervi qui è per me la realizzazione di un sogno; da anni ormai stavo aspettando di incontrarvi.»

Le sue parole mi turbarono a tal punto che nacque in me la necessità di rompere quel silenzio reverenziale in cui ero solita chiudermi in sua presenza.

Gli chiesi delle spiegazioni, che fu felicissimo di darmi.

Mi raccontò che, nel corso di uno dei suoi numerosi viaggi a Venezia, molti anni addietro, aveva incontrato una vecchia dalmata, che per un soldo gli aveva predetto il futuro, nel quale vedeva una moglie incline alla pazzia, che solo una donna, con il mare negli occhi, sarebbe riuscita a strappare dai suoi demoni.

Attonita, gli chiesi che cosa gli desse la sicurezza che la donna della predizione fossi proprio io e lui, raggiante in viso, mi rispose: «I vostri occhi!»

A quel punto, rompendo l'incantesimo del momento, una serva ci venne incontro per prendersi cura della mia persona, come le era stato ordinato da Don Rosario, che si congedò, promettendomi che ci saremmo rivisti a cena.

* * *

Seguii la serva in silenzio, lasciando che svolgesse diligentemente il suo lavoro.

Mi condusse in una bella stanza da letto nella zona nobile del palazzo, proprio accanto – ma lo scoprii solo successivamente – a quella che era stata della moglie di Don Rosario.

Le pareti della stanza erano sfarzosamente abbellite da preziosi arazzi e a terra facevano bella figura dei tappeti, la cui manifattura elegante poteva adattarsi solo ad ambienti di quel tipo.

Sorrisi, pensando ad uno di quei tappeti nella casa del vecchio Batta a Lugugnana.

Quando il mio sguardo si posò sul letto, non potei evitare di darmi un pizzicotto sul braccio per verificare se tutto ciò non fosse altro che un bel sogno. Era uno di quei letti a baldacchino, di cui era impossibile sperare di contare quanti drappi lo impreziosissero.

Senza parlare e continuando a lanciarmi sguardi biechi, la serva cominciò a spogliarmi, anche se sarebbe più giusto dire che mi strappò i vestiti di dosso. Al termine di quella operazione, mi invitò ad entrare in una tinozza, precedentemente riempita di acqua calda, e mi strofinò su tutto il corpo delle pezze imbevute di una soluzione intensamente profumata. Non c'era gentilezza nel suo tocco e in più punti, alla fine del bagno, la mia pelle risultò arrossata. Prelevò, quindi, da un baule intarsiato a motivi floreali una meravigliosa tunica di seta rosa, elegantemente bordata di pizzo, che mi aiutò ad indossare, e una cinta di cuoio intrecciata, che mi sistemò all'altezza dei fianchi.

Completata la vestizione, mi fece accomodare su una poltroncina molto comoda e cominciò ad occuparsi dei miei capelli. Li pettinò a lungo, districandone tutti i nodi e spalmandoci un olio profumato e nutriente. Raccolse, infine, la mia chioma in una treccia, impreziosendola con nastrini colorati e fiori di tarassaco appena colti. Concluse la lunga operazione di toeletta sistemandomi le unghie delle mani e dei piedi.

Tutte quelle operazioni vennero eseguite davanti ad uno specchio, che alla fine riflesse l'immagine di una donna, nella quale stentavo a riconoscermi. Così riccamente agghindata e profumata non ero mai stata in vita mia!

Chinandosi per mettermi ai piedi delle pantofole dello stesso colore del vestito e mantenendo un comportamento scontroso, la serva mi comunicò che ero pronta per sedere alla tavola di Don Rosario e Donna Elisabetta. Detto ciò, uscì dalla stanza, avvertendomi che sarebbe ritornata al momento opportuno per condurmi nel salone dei banchetti.

Rimasta sola e impalata davanti a quello specchio, che rimandava l'immagine di un'altra me, decisi finalmente di lasciare spazio ai miei pensieri.

Chi era Donna Elisabetta? Certamente – pensai – doveva essere la moglie di Don Rosario, cioè la donna che, secondo lui, i miei poteri avrebbero fatto rinsavire. Ma dovevo, dunque, prepararmi ad incontrare una pazza?

Troppe erano le domande, a cui non ero in grado di dare una risposta.

In quel momento, avevo solo una certezza: un dolore lancinante alla schiena a causa della posizione scomoda in cui ero stata nel lungo viaggio da Padova a Milano.

Lasciai lo specchio e la poltrona per raggiungere il letto, dove distesi con grande soddisfazione le mie stanche e provate membra, scivolando senza accorgermi in un sonno profondo.

Non dormii a lungo, forse poco più di un'ora, ma questo mi bastò per guadagnare nuove energie.

«È ora di scendere nel salone, vi stanno aspettando,» mi disse duramente la serva, rientrata nel frattempo nella stanza senza che me ne accorgessi.

In un attimo fui pronta, uscimmo e ripercorremmo a ritroso gli stessi corridoi che avevo visto poche ore prima. Infine, fui introdotta in un grande salone, dove, di primo acchito, mi parve che regnasse un'atmosfera di grande austerità: sulle pareti solo dei blasoni in ferro e qualche trofeo di caccia; a terra nessun tappeto, ma solo delle scricchiolanti assi di legno e qualche stuoia; al centro un lungo e massiccio tavolo, attorno al quale stavano sedute diverse persone, fra cui riconobbi Don Rosario, alcuni cavalieri, che avevano viaggiato con noi, e ovviamente mio figlio, che mi osservava con occhi sgranati e increduli, probabilmente non avendo ancora realizzato che la donna che gli stava di fronte fosse sua madre.

Continuai ad avanzare, fino a quando Don Rosario non si alzò e, indicandomi il mio posto, mi fece accomodare accanto ad una distinta dama, tutta vestita di nero e dell'età apparente di circa 70 anni.

Fu lo stesso Don Rosario, che nel frattempo aveva ripreso il suo posto a tavola, a rompere il silenzio, presentandomi ad uno ad uno tutti i commensali. « …e infine questa distinta signora, seduta alla vostra sinistra, è Donna Elisabetta, mia madre.»

Donna Elisabetta ed io eravamo le uniche donne sedute a quella tavola.

Dov'era, dunque, la moglie di Don Rosario?

La sua assenza mi suggeriva qualcosa di brutto: forse le sue condizioni erano peggiori di quanto potessi pensare.

Durante la cena, gli uomini parlarono un po' di tutto, mentre io cercai di imitare il comportamento di Donna Elisabetta, che rimase prevalentemente in silenzio, limitandosi a delicati cenni del capo e teneri sorrisi.

Alla fine, congedandosi dai presenti, Don Rosario chiese di potermi parlare in privato nel suo studio, che si trovava nella stanza attigua al salone.

Prima di raggiungerlo, volli però avvicinarmi e abbracciare Guglielmo, promettendogli delle spiegazioni per il giorno seguente e raccomandandogli di tenersi lontano da brutte compagnie. Avevo paura che, in quella grande città, potesse essere coinvolto in qualche malaffare.

Bussai alla porta, dietro alla quale avevo poc'anzi visto scomparire Don Rosario, e una voce mi invitò ad entrare.

Lo studio era austero quanto il salone.

«Madonna Rosmunda, accomodatevi.» Esordì Don Rosario con voce dolce. «So che siete molto stanca, per cui arriverò subito al sodo. Domattina conoscerete mia moglie, dopodiché deciderete in assoluta libertà in che modo prendervi cura di lei. Ho piena fiducia in voi e so che non mi deluderete.»

Esibendomi in un goffo e impacciato inchino, proferii poche e semplici parole: «Ai vostri ordini, mio signore.»

Ritornata nella mia stanza, vegliai a lungo, ripensando a quella giornata, che la notte stava inghiottendo, fino a quando la stanchezza non ebbe il sopravvento ed io caddi velocemente in un sonno profondo e senza sogni.

* * *

Il mattino seguente mi svegliai di buon'ora, con la sensazione che il giorno nascente avrebbe portato solo cose buone.

Mi vestii e pettinai con cura, prestando per la prima volta nella mia vita molta attenzione ai dettagli estetici della mia persona, e certamente il grande specchio della mia camera mi dava un grandissimo aiuto.

Mentre mi acconciavo, cominciai a pensare che forse in quel modo stavo tradendo me stessa: non potevo farmi travolgere dalle vanità donnesche, ma dovevo restare fedele agli insegnamenti della mia cara nonna. Ero una strega, proprio come lei, e non avevo bisogno di certe frivolezze per sentirmi bella, sicura e padrona di me stessa. Mia nonna mi aveva insegnato tutto il suo sapere, ma soprattutto mi aveva educato al rispetto della vita, a vivere in connessione con gli elementi vegetali e animali della Terra e a non abusare di essi. Insomma, nulla a che vedere con l'idea che la gente aveva sul nostro conto: nessun patto con il Diavolo, nessuna orgia satanica e nessun rituale di magia nera.

Uscii dalla mia stanza. Prima di conoscere la moglie di Don Rosario, volevo fare una lunga passeggiata per prepararmi all'incontro.

Cominciai a vagare nel grande giardino del palazzo, respirando in profondità l'aria pura del mattino e assaporando il magico contatto con la natura.

Senza accorgermene, arrivai alle stalle dei cavalli di Don Rosario. Fu Guglielmo a notarmi, mentre passeggiavo assorta tra roseti e aiuole variopinte.

«Madre, madre!» gridò, cercando di attirare la mia attenzione. Le sue parole sembravano giungere da molto lontano e mi catapultarono nella realtà.

Non appena mi ebbe raggiunta, lo abbracciai calorosamente e gli raccontai brevemente tutto quello che mi era accaduto il giorno precedente, dal momento in cui ci eravamo separati fino all'incontro con Don Rosario nel suo studio. Poi lui fece lo stesso, sottolineando quanto gli piacesse il nuovo lavoro e il nuovo contesto, insomma la sua anzi la nostra nuova vita.

Quando rientrai a palazzo, una domestica mi comunicò che Don Rosario mi stava aspettando per fare colazione.

Tremendamente imbarazzata, corsi da lui nel salone e mi scusai per averlo fatto attendere, spiegandogli che ero uscita per una passeggiata, non sapendo che ci saremmo dovuti incontrare così presto. Don Rosario non sembrava seccato, anzi mi accolse con un sorriso luminoso.

Durante la colazione, mi parlò principalmente di sua moglie e del male oscuro che l'affliggeva, ma anche dei suoi cavalli e dell'Inghilterra. Non riuscivo a mettere in collegamento tutte quelle informazioni tra di loro, fino a quando non presi coraggio e chiesi a Don Rosario cosa c'entrasse l'Inghilterra – che a me ovviamente riportava a galla brutti ricordi – con la malattia della moglie.

«Avete ragione, Madonna Rosmunda. Effettivamente non vi ho ancora detto che mia moglie è inglese, ma a questo punto bando alle ciance, credo sia arrivato il momento di farvi conoscere *my English Lady*.»

* * *

Don Rosario estrasse da una tasca del suo giubbone una chiave, che entrò senza indugio nella serratura della porta che ci stava di fronte.

Avevamo attraversato mezzo palazzo e salito non so quante scale prima di giungere in quel punto isolato dell'immensa dimora.

Don Rosario aprì silenziosamente la porta, come se temesse di svegliare qualcuno.

«Entro prima io,» mi disse.

Scivolò all'interno della stanza senza provocare alcun rumore.

Restai sola e immobile davanti alla porta, l'unica di quel pianerottolo, sospeso nel vuoto, a cui era possibile accedere solo percorrendo una stretta e ripida scalinata. Sentivo delle fioche e incomprensibili voci provenire dalla stanza, che sembravano essere di rassicurazione e di conforto.

Non attesi a lungo prima di vedere Don Rosario ricomparire per invitarmi ad entrare.

La stanza in cui Don Rosario aveva confinato la moglie, era priva di suppellettili; c'erano solo un letto a baldacchino, il cui intarsio rievocava un antico splendore, e un focolare, in cui un timido fuocherello tentava di avere la meglio su un grosso ceppo di legno.

La moglie di Don Rosario stava in piedi davanti al camino; era scalza, aveva i capelli arruffati e indossava solo una candida camicia da notte.

Inizialmente ignorò la mia presenza, poi suo marito la pregò di girarsi. Due occhi spenti, vuoti e quasi fuori dalle orbite mi si puntarono addosso, provocandomi un forte disagio.

Don Rosario cominciò a parlarle di me, descrivendomi come la sua più cara e fedele amica, ma soprattutto come colei che avrebbe scacciato per sempre *Knucker*: un mostruoso drago strisciante, che la mente malata della signora sovente vedeva materializzarsi nel suo letto.

Quando Don Rosario ebbe finito di riferirle per filo e per segno chi fossi, mi parve che quegli occhi spaventosi mi fissassero con un po' più di umanità, anche se in qualche modo mi avvertivano di non abbassare la guardia.

Mi esibii in un inchino reverenziale per dimostrarle che da quel preciso istante sarei stata a sua completa disposizione e che il recupero della sua salute fisica e mentale sarebbe diventato lo scopo della mia vita.

«Ora che vi siete conosciute,» riprese Don Rosario, «posso anche congedarmi e lasciarvi in reciproca compagnia.»

Non ebbi la forza di fermarlo e implorarlo di non lasciarmi sola con quella pazza; ero paralizzata dal suo sguardo devastato e devastante. Restai in silenzio e lasciai che uscisse e richiudesse la porta a chiave alle mie spalle.

Ci scrutammo a lungo prima di capire che per rompere il ghiaccio avrei dovuto fare io il primo passo.

Implorai la sua benevolenza, spiegandole che ero stata assegnata a quell'incarico da suo marito, convinto che fossi la persona giusta per sconfiggere il mostro, che stava distruggendo e tormentando le loro esistenze. Ovviamente evitai di sottolineare che la matta era lei e che in realtà nessuna forza infernale incombeva su quella dimora.

«Come vi chiamate e da dove venite?» Mi chiese altezzosamente dopo un lungo silenzio, permettendomi di sentire per la prima volta il suono della sua voce.

Felice di quelle domande, le raccontai con minuzia di particolari tutta la mia storia, dal giorno in cui nacqui fino a quel preciso istante.

La signora finse di non prestare troppa attenzione a quanto le stavo narrando, anche se – me ne accorgevo –

assorbiva ogni mia parola avidamente, quasi le fosse di nutrimento.

Quando smisi di parlare, ripiombammo in un silenzio imbarazzante, che subito interruppi per parlare di qualcosa, che immaginavo le stesse particolarmente a cuore: l'Inghilterra.

«Vostro marito,» esordii, «mi ha detto che siete una nobildonna inglese.»

Continuai su quell'argomento, parlandole di William, che Dio l'abbia in gloria nonostante tutto, e ripescando concetti e notizie appresi da Don Rosario quella stessa mattina a colazione.

Notai che parlando della sua terra natia, riuscivo a scuotere un po' la sua mente turbata, ma soprattutto a far riaffiorare in lei vecchie sensazioni, che la solitudine, la pazzia e la lontananza avevano di fatto assopito.

«Io sono Lady Charlotte Lewknor, contessa di Bodiam, dal nome del castello in cui sono nata, nella contea del Sussex; sono figlia di Sir Nicholas Lewknor e di Lady Elizabeth Radmylde, e nipote del valoroso Sir Thomas Lewknor e della sua terza moglie Lady Elizabeth de Etchingham,» mi disse in tono solenne, sciorinando una genealogia tanto illustre quanto per me sconosciuta.

Lady Charlotte era una donna molto bella, nonostante la malattia e la trascuratezza in cui versava: lunghi capelli corvini le ricadevano sulle spalle, incorniciandole il viso e il petto; il suo corpo era ancora snello e sodo, come quello di una quindicenne, anche se aveva ormai abbondantemente passato la quarantina.

In sua compagnia, rispettando i suoi sbalzi d'umore e accessi d'ira, fortunatamente innocui, appresi molti particolari della sua vita: suo padre era un uomo di grande cultura ed era convinto che anche le donne dovessero avere accesso al sapere al pari degli uomini. Lady Charlotte aveva dunque potuto imparare a leggere e scrivere, e studiare il latino, il francese e anche la lingua di Dante, come lei stessa la chiamò. Aveva conosciuto Don Rosario in occasione di un suo viaggio d'affari in Inghilterra e, in brevissimo tempo, l'aveva sposato con la benedizione del padre. Subito dopo il suo trasferimento a Milano e la perdita del bambino che portava in grembo a causa di una brutta caduta da cavallo, era sprofondata in uno stato depressivo, che le lunghe assenze per lavoro del marito certamente avevano acuito e che era poi degenerato nella pazzia.

Il racconto di Lady Charlotte fu interrotto dall'arrivo di Don Rosario e di una serva, che portava il pranzo.

Il loro ingresso quasi mi infastidì, perché tra me e Lady Charlotte si era già instaurata un'alchimia speciale, che quella visita interruppe momentaneamente.

* * *

Il giorno successivo sembrò cominciare, come si suole dire, con l'oro in bocca!

Lady Charlotte, infatti, pretese che fossi svegliata prima dell'alba per poter stare più tempo in mia compagnia.

Da un lato, la cosa mi fece molto piacere, perché intuivo che la mia presenza cominciava ad esserle d'aiuto e necessaria. Bisogno che in brevissimo tempo sarebbe diventato una vera e propria dipendenza, visto che fui costretta a lasciare la mia stanza per trasferirmi a tempo pieno nella sua.

Quando arrivai da lei, ancora assonnata e forse non proprio presentabile, la trovai seduta su un cuscino vicino al camino. Accanto a quello ce n'era un secondo, sul quale mi invitò a sedermi.

«Buongiorno, Rosmunda,» mi disse. «Spero di non avervi incomodata troppo presto. Venite qui accanto a me; oggi faremo colazione insieme.»

Lady Charlotte non aveva perduto, dopo tanti anni lontano dal suo Paese, quello strano accento con cui parlava, che io trovavo splendido su di lei e che mi riportava alla memoria quel Sir Albert, che molti anni prima era stato ospite della nostra locanda a Lugugnana.

Accettando il suo invito, mi accomodai vicino a lei, informandomi se avesse trascorso una buona notte.

Mi rispose distrattamente, perché era tutta presa a servire la colazione; in quanto padrona di casa, non era certo una sua mansione, quella mattina però aveva preteso di farlo e aveva congedato la serva per restare da sola con me.

Mangiammo e conversammo a lungo come due vecchie e care amiche e non mento dicendo che in quel momento ero sinceramente convinta che il suo male oscuro dipendesse unicamente dalla solitudine, in cui era stata lasciata dopo le prime manifestazioni di squilibrio.

Non appena conclusa la colazione, le proposi di ridare una sistematina al suo aspetto fisico, che risultava molto trasandato e non adeguato al suo rango, ma la naturalezza e l'intimità, con cui parlai, suscitarono in lei un sentimento di sdegno e orgoglio ferito.

Cominciò, infatti, ad urlare, ad inveire contro di me e a tirare nella mia direzione ogni cosa le capitasse sotto mano. Continuò così, mentre io tentavo, come potevo, di ripararmi dalla sua furia, fino a quando non fu colta da sfinimento, cadendo ansimante a terra. Scoppiò, quindi, in un copioso pianto, che mi rivelava quanto profonde fossero le sua frustrazione, la sua disperazione e le ferite della sua anima.

Come la più amorevole delle madri, mi chinai su di lei e la strinsi fra le mie braccia, sussurrandole parole di conforto e speranza, tentando di spiegarle i motivi della mia proposta e di scusarmi per averla involontariamente offesa.

Nel frattempo, la serva di turno, allarmata dal gran baccano, arrivò tutta trafelata, temendo il peggio, ma restò impalata sulla porta a contemplare quel gesto di tenerezza, che avevo avuto il coraggio di fare, mettendo – secondo lei – a repentaglio la mia incolumità.

Restammo immobili in quella posizione per molto tempo, fino a quando Lady Charlotte non si fu completamente calmata. L'aiutai a rialzarsi e, sorreggendola, l'accompagnai a letto, dove sfinita si addormentò quasi subito.

Al suo risveglio, mi trovò seduta al suo capezzale, intenta a riscaldarle con le mie la sua mano sinistra, che era gelida come quella di un morto.

Aprendo gli occhi, mi sorrise e subito mi domandò di aiutarla ad alzarsi.

Esaudii il suo desiderio, riportandola sul cuscino vicino al camino, dove mi chiese di pettinarla e acconciarle i capelli.

Sollecitai la serva a portarmi tutto l'occorrente per sistemare la chioma di Lady Charlotte e due scranni, sui quali avremmo potuto sedere più comodamente.

Quella rifiutò di esaudire la mia richiesta, spiegandomi che Don Rosario aveva dato severe disposizioni circa l'introduzione di oggetti in quella stanza per evitare che la moglie potesse provocarsi, più o meno volontariamente, delle lesioni fisiche.

Non mi opposi alle ragioni della serva, anche per non metterla nei guai, e mi ripromisi di parlarne entro sera con Don Rosario per ottenere qualche piccola deroga.

Quando spiegai a Lady Charlotte che avremmo dovuto rimandare l'acconciatura al giorno successivo, mi disse di non preoccuparmi e mi invitò a riprendere posto accanto a lei.

Restammo insieme fino a sera, parlando di tante cose, ma di niente in particolare. Poi Don Rosario venne a prendermi per la cena.

Salutai Lady Charlotte, stampandole un sonoro bacio sulla fronte e augurandole buona notte. Il tutto davanti ad un attonito e stupito Don Rosario.

La cena fu parecchio noiosa, così trascorsi quasi tutto il tempo a guardare mio figlio Guglielmo, che aveva avuto da Don Rosario il privilegio di cenare alla sua tavola ogni sera. Sembrava felice e appagato della sua nuova vita. Don Rosario e gli altri cavalieri sembravano apprezzare molto le sue qualità, tanto da renderlo partecipe attivamente alle loro discussioni, esortandolo ad esprimere dei pareri.

Quando il padrone di casa, congedando tutti, decretò finita la cena, colsi l'occasione per avvicinarmi a lui e affrontare la questione delle limitazioni imposte alla moglie.

Cominciai il discorso, esprimendo le mie prime impressioni sulla malattia di Lady Charlotte e raccontandogli i dettagli della giornata, suggerendo infine di concederle qualche piccola libertà sotto strettissima sorveglianza.

Don Rosario accolse tutte le mie richieste e mandò subito a chiamare la serva per informarla che da quel momento ogni mio desiderio sarebbe stato un ordine.

Imbarazzata da tanta importanza, evitai lo sguardo della serva e anche quello di Don Rosario, preferendo restare a capo chino.

Aspettai che entrambi se ne fossero andati prima di correre da mio figlio, che mi stava aspettando nel grande corridoio adiacente al salone.

Guglielmo mi propose di stare un po' in sua compagnia e di approfittare della splendida serata per una passeggiata al chiaro di luna.

* * *

Il giorno successivo, il terzo dal mio arrivo a Milano, Lady Charlotte non mi mandò a chiamare di buon'ora, come aveva fatto il giorno prima, ma attese pazientemente che fossi io ad andare da lei.

Quella mattina feci ogni cosa con molta tranquillità, proprio come una vera principessa. Assaporai fino all'ultimo boccone la mia colazione, mi pettinai con cura e indossai uno degli abiti più belli che trovai nel baule della mia stanza.

Prima di raggiungere la mia padrona, diedi disposizioni alle serva, affinché mi portasse tutto quello che avevo chiesto il giorno precedente, più un vasto assortimento di mobili e suppellettili da camera.

Entrai silenziosamente nella stanza di Lady Charlotte, usando le chiavi che la sera precedente Don Rosario mi aveva affidato.

La trovai già sveglia e seduta al solito posto vicino al camino, intenta a consumare la sua colazione. Era molto serena, dandomi l'impressione di avere di fronte a me una donna nuova, risorta dall'oblio in cui era caduta. Il suo sorriso e il suo sguardo luminoso mi diedero, quindi, un caloroso benvenuto.

Ero però conscia che non era ancora arrivato il momento di abbassare la guardia, così preferii richiudere la porta a chiave.

Mi sedetti accanto a lei, chiedendole come avesse passato la notte e raccontandole quanto successo la sera precedente dopo cena.

Non avevo ancora finito di dirle con quanto entusiasmo Don Rosario avesse accettato le mie richieste che qualcuno bussò alla porta, interrompendo la nostra conversazione.

Era la serva che mi portava quanto richiesto: un cesto pieno zeppo di pettini, forbici, fiocchi, fermagli e bottigliette contenenti impacchi alle erbe per ammorbidire e dare lucentezza ai capelli.

Dietro a lei, uno stuolo di servi, piegati dallo sforzo, portavano mobili, arazzi, specchiere, tavoli e seggiole. Feci sistemare tutto al centro della stanza e chiesi che due servi restassero a disposizione per aiutarmi nella collocazione degli arredi.

Nel frattempo, non mi ero accorta che Lady Charlotte si era rifugiata sotto le coperte del suo letto, spaventata da tanta confusione e dagli sguardi indiscreti dei servi, che la rivedevano dopo tanti anni in uno stato fisico e mentale, che si discostava molto dal ricordo che serbavano di lei, quando ancora giovanissima era giunta a Milano.

Andai subito da lei per rassicurarla che non c'era alcunché da temere e per ricordarle che lei era la signora del palazzo.

Ricordandole tale titolo, toccai probabilmente un nervo scoperto: scoppiò infatti in lacrime, confessandomi tra i singhiozzi la sua disperazione per aver perduto la sua posizione di padrona, il rispetto delle persone, ma soprattutto l'amore del marito che, secondo lei, sperava sicuramente nella sua morte, quale giusta punizione per aver ucciso il suo erede e per potersi rifare una vita con un'altra donna.

Mi opposi con durezza alle sue parole, assicurandole che Don Rosario l'amava ancora come il primo giorno e che soffriva tantissimo, riconoscendosi impotente di fronte alla sua malattia.

Lady Charlotte sembrò credere alle mie parole e si calmò, chiedendomi di perdonarla per essere stata così sciocca e infantile.

Riportata quindi la serenità, la lasciai a letto e raggiunsi i due servi che, in piedi tra i mobili, aspettavano i miei ordini.

In men che non si dica, arredammo la stanza, trasformandola in una piccola reggia, finalmente all'altezza di una donna di nobile lignaggio, come Lady Charlotte.

Tornai da lei per chiederle se l'arredamento fosse di suo gusto, ma la trovai dolcemente assopita.

Sorrisi, pensando al momento in cui si sarebbe risvegliata e avesse visto tutto quel lusso.

Nell'attesa, mi accomodai su una poltrona, che avevo sistemato vicino al camino, e cominciai ad esaminare il contenuto della cesta, in cui la serva aveva sistemato diversi prodotti di bellezza.

Quando Lady Charlotte si risvegliò, restò a bocca aperta di fronte a tanta opulenza, resa possibile – le spiegai – unicamente grazie al consenso di suo marito, che anche in quel modo dimostrava il suo amore per lei.

La invitai a raggiungermi e le chiesi se fosse ben disposta a farsi sistemare i capelli.

Non opponendo alcuna resistenza, mi permise di pettinarla, districando nodi apparentemente impossibili da sciogliere e tagliandone altri, all'interno dei quali il pettine non riusciva a penetrare. Completata quella prima operazione, distribuii sull'intera lunghezza dei capelli un balsamo dal profumo intenso, che li avrebbe lisciati e resi setosi al tatto. Poi, con l'ausilio di una brocca e di una tinozza, le lavai la chioma con acqua e aceto per scongiurare il rischio di pidocchi, ma anche per sciogliere per bene l'unto che l'impacco vi aveva lasciato. Infine, terminata quella trafila, raccolsi i capelli di Lady Charlotte in una lunga e corposa treccia, consigliandole di dare la schiena al camino in modo che si potessero asciugare più velocemente.

Nel frattempo mi presi cura delle sue unghie – sia quelle delle mani che dei piedi – che sembravano più quelle di una belva feroce che di una nobildonna.

Infine, non ci restò che pensare al vestito da indossare.

Chiamai la serva per chiederle dove si trovassero i vestiti della padrona e questa, molto dispiaciuta, mi informò che da tempo la signora indossava solo camici bianchi, che lei stessa aveva l'onere di cucire, rattoppare e lavare.

La pregai di andare a cercare una brava sarta, che potesse raggiungerci nel minor tempo possibile.

In men che non si dica, la serva fu di ritorno con una donna corpulenta e massiccia, che si vantava di essere la più brava sarta di Milano; portava con sé delle stoffe e guarnizioni molto belle e costose.

Le spiegai la mia idea e le anticipai che sarebbe stata pagata da Don Rosario con un po' di ritardo, visto che non lo avevo ancora informato di quella spesa.

Accettò le mie condizioni.

In poco tempo, la sarta misurò, tagliò e imbastì la stoffa, creando sotto i nostri occhi attoniti un vestito principesco, elegante e raffinato per fattura, gusto e vestibilità.

Su richiesta di Lady Charlotte, congedai la sarta e la serva; non appena furono uscite, mi confessò di sentirsi in imbarazzo in loro presenza e di non essere ancora pronta ad uscire dal suo camicione bianco: indossare quello splendido vestito significava per lei uscire dalla prigione in cui era stata reclusa, ma che allo stesso tempo l'aveva protetta dal mondo nel corso di quegli ultimi anni.

«Rosmunda, perdonatemi, ma non mi sento bene; vorrei riposare un po'.»

Detto ciò, si infilò a letto, scomparendo completamente sotto le coperte, dove pianse in silenzio lacrime amare.

Rispettai la sua decisione, senza farle pressioni; avevo capito che in quel momento era meglio lasciare che sfogasse la sua frustrazione.

Dopo un po' mi accorsi che i singhiozzi avevano lasciato il posto ad un respiro lento e modulato: Lady Charlotte si era addormentata ed io non avevo alcuna intenzione di disturbarla.

* * *

Lady Charlotte dormì intensamente fino all'alba del mattino successivo. Si svegliò di buon umore e, in attesa del mio arrivo, chiese alla serva di portare la colazione e di preparare la tavola.

Quando arrivai, era già seduta a tavola, ma non aveva toccato neanche un biscotto, perché desiderosa di fare colazione in mia compagnia.

«Rosmunda, oggi mi sento meglio» mi disse, anticipando la mia domanda. «Forse questo potrebbe essere il giorno giusto. Più tardi, mi aiutereste a provare l'abito?»

Mi alzai e andai ad abbracciarla; ero orgogliosa di lei e dell'impegno che stava mettendo nel guarire. La donna determinata e dallo spirito indipendente di un tempo stava risorgendo e lottando con le unghie e con i denti per cacciare *Knucker* lontano dalla sua mente.

La prova del vestito si rivelò, però, più dura di quanto pensassi.

Subito dopo la colazione, facemmo un primo tentativo: avevo appena tolto il vestito dal baule in cui l'avevo riposto la sera prima, quando Lady Charlotte, probabilmente per un eccesso di emozioni, svenne, cadendo a terra come un sacco vuoto.

Con l'aiuto della serva, la riportai a letto, dove rinvenne solo dopo diverse ore.

Quando realizzò cosa fosse successo, scoppiò in lacrime e strappò le lenzuola con i denti, tanta era la rabbia che le covava nel petto.

Cercai di rassicurarla, dicendole che non era successo alcunché di grave e che avremmo comodamente rimandato la cosa ad un altro giorno.

«No, più tardi ci riproverò!»

Il secondo tentativo andò peggio, ma rappresentò la svolta.

Lady Charlotte stava in piedi davanti al grande specchio, che avevo fatto portare nella sua stanza e collocare vicino all'unica grande finestra, aspettando che le portassi l'abito, quando all'improvviso cominciò a delirare in modo spaventoso: «Don Rosario non ti vuole» disse a se stessa, guardandosi allo specchio. «Sei brutta, stupida, l'errore più grande della sua vita; sei lo sterco di *Knucker* e nel tuo ventre marcisce suo figlio.»

«Lady Charlotte, cosa state dicendo?» Le dissi, cercando di impedire che con le unghie si dilaniasse il volto.

«Lasciami, laida strega del demonio» furono le parole che mi vomitò addosso, prima di liberarsi dalla mia presa e tentare di gettarsi dalla finestra.

E probabilmente ci sarebbe riuscita se, in quel momento, la serva impaurita non l'avesse afferrata per la treccia e gettata violentemente sul pavimento. In un attimo le fui sopra per immobilizzarla e, in preda ad una rabbia incontenibile, l'afferrai per la gola e pronunciai senza rendermene conto uno scongiuro, che avevo sentito una sola volta da mia nonna, quando aveva guarito un indemoniato del paese.

Lady Charlotte spalancò spaventosamente gli occhi, si irrigidì in modo innaturale e vomitò una massa verdastra ricoperta di vermi; infine perse completamente i sensi, seguita dalla serva che, a quella vista, svenne.

Staccando la mano dalla gola della mia signora, tornai in me e realizzai con orrore quanto fosse appena accaduto. Non c'erano dubbi: la malattia di Lady Charlotte era davvero frutto di una possessione demoniaca.

Mi alzai da terra e, sfilandomi lo scialle dalle spalle, raccolsi il rigurgito dal pavimento e, ben avvolto, lo gettai nel fuoco. Mi sembrava di sentirlo gemere e muoversi, mentre le fiamme lo lambivano.

Mentre quell'orrendo mostro diventava cenere, restai in ginocchio davanti al camino, pregando intensamente l'Altissimo affinché ci liberasse dai mali presenti e futuri.

A quel punto, dovevo capire come stesse Lady Charlotte ed eventualmente avvisare Don Rosario, mentre la serva stava già lentamente riprendendo i sensi.

Lady Charlotte sembrava morta – il viso completamente scolorito e le membra gelide e rigide – ma il suo cuore batteva e lottava per rianimare quel corpo esanime.

Attesi che la serva si fosse ripresa del tutto nella speranza che potesse aiutarmi a sollevare Lady Charlotte ma, non appena riuscì a mettersi a sedere e ricordare l'accaduto, scappò a gambe levate, pregandomi di non farle alcuna stregoneria.

La frittata era dunque fatta! Nel giro di poche ore, tutti gli abitanti del palazzo avrebbero saputo che io ero una strega. Che cosa mi sarebbe successo? E a mio figlio?

Inaspettatamente, però, le cose non andarono come avevo creduto: dopo pochi minuti, la serva ritornò e mi chiese di perdonarla. Era una sempliciotta ignorante, ma buona e fedele. Le chiesi la cortesia di non raccontare ad alcuno l'episodio di cui era stata testimone e di dimenticarlo il prima possibile.

Portammo di peso Lady Charlotte a letto e restammo in attesa degli sviluppi.

«Secondo voi, la padrona è morta?» Mi chiedeva ogni tanto la serva con apprensione.

«No, cara. Se non m'inganno e Dio ci aiuta, posso dirti che stanno per cominciare tempi migliori.»

Verso sera, la mandai da Don Rosario per comunicargli che non sarei scesa a cena per restare con sua moglie, che non si sentiva troppo bene; gli chiedevo, inoltre, di non passare da lei per la consueta visita per non disturbare il suo riposo.

Finalmente, nel corso della notte, Lady Charlotte riprese conoscenza, facendomi tirare un grandissimo sospiro di sollievo; sebbene sentissi la sua forza e rassicurassi la serva, in alcuni momenti avevo temuto che la situazione sarebbe precipitata.

Lady Charlotte non ricordava cosa fosse accaduto e i suoi ricordi si fermavano alla colazione.

«Credo che *Knucker* se ne sia definitivamente andato,» le dissi, raccontandole poi tutto per filo e per segno; ad ogni mia parola sembrava acquistare sempre più forza e vitalità. Conclusi il mio racconto scusandomi per i lividi che le avevo lasciato alla gola.

«Rosmunda, sono anch'io convinta che siate riuscita a compiere il miracolo. Mi sento bene, anzi benissimo.»

Le preparai un infuso rilassante e la convinsi a riposare ancora qualche ora, promettendole che avrei vegliato personalmente il suo sonno.

* * *

Lady Charlotte restò debole e indisposta per un paio di giorni, durante i quali facemmo credere a Don Rosario che non ci fosse alcun motivo particolare ad aver afflitto in quel modo la moglie, che comunque mostrava di ora in ora vistosi segni di ripresa. La stessa Lady Charlotte resse il gioco, avendole spiegato che cosa avessi in mente.

All'alba del terzo giorno, i tempi sembravano maturi per mettere in atto il mio piano.

Lady Charlotte era in splendida forma; certamente entrambe sapevamo che c'era ancora molto da fare per il suo completo recupero, ma i segnali erano davvero incoraggianti.

Ci alzammo di buon'ora, consumammo una sostanziosa colazione e definimmo i dettagli del piano: tutto doveva essere perfetto.

Lasciai Lady Charlotte in compagnia della serva e andai alla ricerca di Don Rosario.

Lo trovai in compagnia di Guglielmo, che non vedevo da alcuni giorni, intenti a parlare di cavalli in modo molto confidenziale.

«Ragazzo, stai facendo passi da gigante» lo sentii dire a mio figlio.

Esitai qualche istante prima di palesarmi, temendo che la mia interruzione avrebbe infastidito Guglielmo, così felice di veder finalmente apprezzato il suo lavoro.

Mi avvicinai lentamente in modo che entrambi potessero accorgersi della mia presenza.

«Don Rosario, perdonate l'interruzione,» dissi in modo molto ossequioso, «ma avrei bisogno di sapere se sia possibile avervi a pranzo oggi nella stanza della signora.»

Don Rosario sorrise e, guardando di nuovo Guglielmo, disse: «Quando una bella donna giunge al mio cospetto in questo modo, non posso esimermi dall'accontentarla»;

poi, rivolgendosi di nuovo a me, aggiunse: «Rosmunda, non salutate vostro figlio?»

* * *

Entrando nella stanza, in cui era stato costretto a rinchiudere sua moglie, Don Rosario non era certamente preparato allo spettacolo a cui stava per assistere.

Probabilmente, nelle ore precedenti, aveva supposto che l'avessi chiamato a pranzo per lamentare l'ennesimo peggioramento di salute della signora o magari per chiedergli il permesso di mettere in atto qualche altra idea brillante.

Don Rosario restò sbalordito e immobile sulla porta.

Ogni cosa era al suo posto, tutto in ordine e luccicante, curato nei minimi dettagli e predisposto con molto gusto, ma soprattutto, adagiata su una poltrona foderata di raso rosso, c'era una meravigliosa creatura, che lo fissava con amore e timidezza.

Restando alla spalle di Don Rosario, feci segno a Lady Charlotte di fare la prima mossa, perché in quel momento suo marito non era in grado di gestire la situazione, tant'erano lo stupore e l'emozione.

Neanche lei ebbe il coraggio di prendere l'iniziativa, così, anche se a malincuore, mi vidi costretta ad intervenire, interrompendo quella dolce alchimia creatasi tra loro.

Chiesi a Don Rosario se potessi dare l'ordine di servire il pranzo.

Continuando a non pronunciare parola e restando con lo sguardo incollato alla moglie, mi fece un cenno di assenso, che a mia volta feci alla serva.

A quel punto, non potevo più esitare e dovevo sbloccare la situazione: «Lady Charlotte, volete cortesemente comunicare a Don Rosario quali sono i vostri progetti per il futuro?»

A lungo, quella mattina, io e Lady Charlotte avevamo pianificato il suo ritorno alla vita; un ritorno che doveva essere necessariamente graduale e non forzato, ma inarrestabile.

Abbassando lo sguardo per l'imbarazzo e arrossendo in viso, Lady Charlotte disse con un filo di voce, soffocato dalla commozione: «Voglio ritornare ad essere vostra moglie per amarvi e onorarvi tutti i giorni della mia vita, proprio come ho giurato davanti a Nostro Signore il giorno del nostro matrimonio.»

Furono quelle parole a destare Don Rosario, che cadde in ginocchio ai piedi della moglie, piangendo come un bambino.

Un sorriso di soddisfazione e di gioia mi si stampò sul viso, perché quelle non erano lacrime di amarezza, bensì di felicità e giubilo.

Quando si riprese, Don Rosario mi chiese di avvicinarmi e, restando in ginocchio, mi baciò le mani, pronunciando parole di riconoscenza.

Alla fine, quando tutti gli animi si furono calmati, ci sedemmo a tavola come tre vecchi amici, aspettando che il pranzo venisse servito.

Avrei voluto lasciare i due innamorati da soli a recuperare il tempo perduto, ma a causa della sua ancora grande insicurezza Lady Charlotte mi pregò di non abbandonarla e quasi si mise a piangere quando tentai di alzarmi per uscire dalla stanza.

La strada era ancora in salita, ma Lady Charlotte avrebbe vinto su tutte le sue paure e insicurezze.

Milano
Luglio 1513 - Febbraio 1535

Passarono i giorni, i mesi e gli anni; molti anni per la precisione, durante i quali tante belle cose accaddero, ma alcune anche dolorose.

Piano piano, Lady Charlotte si ristabilì completamente e ritornò ad essere un'ottima padrona di casa; mi insegnò a parlare l'inglese e mi diede libero accesso alla splendida e fornitissima biblioteca del palazzo, dove trascorrevamo spesso anche intere giornate.

Guglielmo aveva conosciuto una bella e simpatica ragazza milanese, con la quale aveva messo su famiglia e mi aveva dato la gioia di diventare nonna per ben due volte, anche se negli ultimi tempi le sue strane idee mi avevano procurato un po' di apprensione. Meditava, infatti, di imbarcarsi con tutta la famiglia su uno di quei galeoni, che partivano sempre più numerosi alla volta delle Americhe, di cui Don Rosario tanto gli aveva parlato e letto da un libercolo in latino, intitolato *Mundus Novus* scritto da Amerigo Vespucci, che, come ricordava sempre Lady Charlotte quando lo si nominava in sua presenza, era un esploratore fiorentino al servizio dei sovrani di Spagna, Isabella di Castiglia e Ferdinando d'Aragona, genitori di Caterina, Regina d'Inghilterra.

Dopo la guarigione della moglie, anche Don Rosario visse anni di felicità e tranquillità, durante i quali cercò ossessivamente di recuperare con Lady Charlotte tutto il tempo perduto, dedicandole buona parte dei suoi momenti liberi. Purtroppo, però, il primo giorno dell'anno 1533 e solo pochi mesi dopo la scomparsa di Donna Elisabetta, anche Don Rosario lasciò questo mondo. Ormai giunto al traguardo dei 60 anni e al termine di una vita trascorsa fra gli agi, ma anche fra pericoli e viaggi estenuanti, la sua possente fibra aveva ceduto e in poco tempo era sopraggiunta la fine.

Per Lady Charlotte fu un duro colpo; tanto tremendo che temetti in una sua ricaduta fisica e mentale. Fortunatamente i miei timori si rivelarono infondati e, anche se molto lentamente, alla fine la serenità ritornò a regnare in quella casa.

Per quanto riguarda me, invece, passata abbondantemente la cinquantina, non potevo desiderare di più dalla vita: ero la dama di compagnia di una signora meravigliosa, vivevo in comodità e agiatezza, il mio piatto era sempre pieno e saltuariamente avevo ricominciato a preparare intrugli e pomate medicamentose, che distribuivo con amore e premura ai più bisognosi con l'aiuto di Lady Charlotte, che era molto sensibile alla causa, e come mi era stato insegnato da mia nonna Caterina tanti anni prima.

**

A nulla valsero le mie suppliche e la mia disperazione.

Il 28 febbraio 1535 Guglielmo partì con tutta la sua famiglia da Milano alla volta di Genova, da dove si sarebbe imbarcato per le Americhe.

Fu irremovibile, anche se più volte mi offrì la possibilità di seguirlo.

Non potevo assolutamente farlo: prima di tutto, non avrei abbandonato Lady Charlotte per alcuna ragione al mondo e, in secondo luogo, alla mia età non me la sentivo di affrontare un viaggio così estenuante, lungo e dagli esiti incerti.

Esaurite tutte le speranze di fargli cambiare idea, giocai la mia ultima carta, purtroppo senza successo, chiedendo a mio figlio di partire da solo, tastare il terreno laggiù e poi eventualmente ritornare a riprendere la moglie e i figli.

A quelle mie parole, mi sembrò che mia nuora mi ringraziasse con lo sguardo, ma la volontà e la testardaggine di Guglielmo lo avevano ormai accecato e privato della facoltà di ascoltare gli altri. Non lo riconoscevo più e, forse principalmente per questo, il mio cuore traboccava di dolore.

Arrivò, dunque, il momento degli addii, straziante proprio come avevo previsto. Abbracciai, sapendo che sarebbe stata l'ultima volta, mio figlio, mia nuora e i miei adorati nipoti.

Quando la carrozza, che Lady Charlotte aveva generosamente messo a loro disposizione e che li avrebbe accompagnati fino a Genova, partì allontanandosi velocemente, avvertii una forte fitta al cuore e improvvisamente tutto attorno a me sprofondò nell'oscurità.

**

Mi risvegliai molto tempo dopo con un fortissimo mal di testa, che mi provocava atroci dolori anche solo respirando.

Accanto a me, Lady Charlotte mi teneva la mano e mi sorrideva, proprio come faceva la mia adorata nonna, quando da bambina restavo a letto a causa di qualche malanno.

Altre lacrime sgorgarono dai miei occhi con l'impeto di un fiume in piena; Lady Charlotte non parlò, preferendo continuare a stringermi la mano e lasciare che il mio dolore si sfogasse.

Ritornai completamente in me solo il giorno successivo, quando i raggi del sole nascente si infransero sulle mie gote. Fu il delicato calore, provocato da quell'esposizione, a ridestarmi. Il mal di testa era scomparso, come anche i dolori alle ossa, mentre perdurava un peso allo stomaco, il cui unico e indiscusso responsabile era mio figlio.

Mettendomi a sedere, sorpresi Lady Charlotte assopita sulla poltrona. Fu in quel momento che capii veramente quanto mi fosse affezionata e soprattutto quanto fosse importante per lei la mia presenza. Realizzai anche che, da quel giorno in avanti, lei sarebbe stata la mia famiglia.

Non avevo più alcun famigliare al mio fianco, oltre alla mia signora, che consideravo come una sorella, ma con la quale non c'erano legami di sangue. Guglielmo era lontano, molto lontano e in cuor mio sapevo che, presto o tardi, sarei morta senza rivederlo.

E fu proprio così! Non lo rividi mai più e non ricevetti neppure sue notizie.

Dicono che il tempo guarisca ogni ferita, ma io sto ancora aspettando che quella provocatami dalla sua partenza quanto meno si rimargini.

Anche se non lo dico mai, vanamente spero ancora di vederlo tornare, tenendo i suoi pargoli per mano. Ma questo non è più possibile, anche perché quei pargoli, ammesso che siano ancora vivi, oggi devono essere uomini con tanto di prole e forse non ricordano più che in questo remoto angolo del mondo c'è ancora la loro nonna, desiderosa di riabbracciarli.

Tante volte, penso che sia stata soprattutto causa mia se non ho più avuto loro notizie, perché nell'autunno successivo alla loro partenza accadde un fatto che mi allontanò da Milano per sempre.

Milano - Calais
Ottobre 1535 - Gennaio 1536

Nel corso della primavera e dell'estate la salute di Lady Charlotte peggiorò sensibilmente: gli acciacchi dell'età parvero acuirsi improvvisamente, costringendola spesso a letto.

Il pomeriggio del 21 ottobre 1535, riprendendosi da una febbre altissima, che l'aveva lasciata incosciente e delirante per tre giorni, tanto che si era temuto per la sua stessa vita, Lady Charlotte mi pregò con le lacrime agli occhi di esaudire il suo ultimo desiderio.

Spiegandomi con molti preamboli di sentire vicina la fine dei suoi giorni, mi confidò il desiderio di ritornare in Inghilterra e lì di poter serenamente esalare l'ultimo respiro.

Continuò, dicendomi di non sentirsi sufficientemente in forze per affrontare da sola un simile viaggio, ma soprattutto di volere che nell'ora estrema ci fossi io al suo fianco.

Dopo quei tre giorni passati tra la vita e la morte, Lady Charlotte appariva realmente prossima al trapasso e, benché credessi che il tempo restatole non fosse abbastanza lungo da permetterci di arrivare in Inghilterra, non fui capace di sollevare obiezioni.

Passammo l'intera serata a pianificare il nostro viaggio, la cui partenza era stata fissata per il giorno 25; con noi sarebbero partiti anche una serva e uno stalliere.

Su un foglio annotai tutte le cose che sarebbero servite a Lady Charlotte per il viaggio. Chiaramente elencai solo l'indispensabile per non intralciare troppo i nostri spostamenti.

Il mio bagaglio, invece, era molto più modesto: qualche abito, gli oggetti personali e una ricca selezione di erbe, che al momento giusto sarebbero sicuramente tornate utili.

Occupai tutta la mattinata seguente a raccogliere erbe nei campi e nei boschi appena fuori dalla città, mentre nel pomeriggio aiutai Lady Charlotte a scegliere qualche abito elegante da portare con noi in Inghilterra.

Ad un certo punto, la mia signora estrasse da un baule un fagotto rosso, che conteneva sicuramente qualcosa di molto importante. Adagiandolo sul letto con molta attenzione, quasi fosse una reliquia, mi fece cenno col capo di avvicinarmi.

«Lo cucii molti anni fa» mi disse, visibilmente emozionata, «molto tempo prima che tu arrivassi qui. Lo cominciai il giorno in cui seppi di aspettare un figlio, l'erede che Rosario tanto sognava, ma che il destino volle toglierci. Volevo ambiziosamente che fosse il più bel vestito di Milano, ma soprattutto volevo stupire colui che amavo più di me stessa. Riuscii a portare a termine il vestito, ma non la gravidanza a causa di quella brutta caduta da cavallo, di cui ti ho già parlato tante volte, e questo abito divenne per me il simbolo tangibile del mio fallimento come moglie e madre. Poi ci fu l'oblio, fino a quando il tuo arrivo non ha riportato la luce nella mia triste vita. Oggi la mia anima è libera da ogni tormento; vedo questo abito semplicemente per quello che è, anche se non posso dimenticare ciò che ha rappresentato. Te lo affido, cara Rosmunda, perché tu me lo possa indossare quando preparerai il mio corpo per la dimora eterna.»

Senza guardare negli occhi Lady Charlotte, presi in consegna l'abito, appesantita da un senso di opprimente malinconia. E non potevo sentirmi diversamente, visto che stavo aiutando l'unica persona rimastami al mondo a prepararsi a morire. Sicuramente, quel lungo viaggio avrebbe minato irreparabilmente la già precaria e cagionevole salute della mia signora.

I due giorni successivi trascorsero relativamente tranquilli e sereni; addirittura mi parve che Lady Charlotte avesse riacquistato un po' di forze.

A quel punto, tutto era pronto! Forse anche i nostri animi nell'attesa che arrivasse l'alba del giorno designato per la partenza.

Inutile dire che nell'ultima notte milanese né io né Lady Charlotte potemmo conciliare il sonno, tanta era l'emozione.

* * *

L'indomani, quando scesi nel cortile del palazzo, tutto era già pronto per la nostra partenza: i cavalli erano in posizione, la carrozza tirata a lucido e i bagagli stipati in modo ordinato.

In quell'umida mattina di fine ottobre, il tempo sembrava essersi fermato.

Riguardavo tutto attorno a me, come se fosse la prima volta; mi accorgevo di cose e particolari, che in tutti quegli anni milanesi mi erano rimasti celati alla vista e di altri che l'abitudine aveva reso quasi invisibili. Improvvisamente ogni dettaglio era diventato motivo di nostalgia, ma, dopo tutto, quello non era il primo addio della mia vita; evidentemente il destino aveva deciso che dopo San Mauretto e Lugugnana fosse giunto il momento di lasciarmi alle spalle anche Milano.

Obbligai me stessa a distogliere la mente da quei mesti pensieri e rientrai per raggiungere Lady Charlotte.

La trovai già pronta per il viaggio; era comodamente seduta sulla sua poltrona preferita e teneva in mano un libro molto provato dal tempo e dall'uso.

«Me lo donò mia nonna,» mi disse, indicandomi il libro con lo sguardo, «quando lasciai la casa di mio padre per seguire Don Rosario. È stata una donna straordinaria! E a voi, mia cara, cos'ha lasciato la nonna, di cui tanto mi avete parlato in questi ultimi anni?»

«Nulla di tangibile,» le risposi, «la sua è un'eredità spirituale. Mi ha insegnato ad affrontare la vita e ad usare...»

«Non continuate, vi prego,» mi bloccò, «vorrei che mi parlaste di lei durante il viaggio.»

Aiutai Lady Charlotte ad indossare un pesante mantello invernale, prima di fermarci per un istante a contemplare quella stanza, che raccontava l'inizio della nostra storia.

Uscendo sul ballatoio, trovammo una lettiga e dei servi pronti ad aspettarci per accompagnare la mia signora alla carrozza. Tutti quegli scalini sarebbero stati troppi per il suo fisico deperito e per il suo vecchio e stanco cuore.

Non fui tranquilla fino a quando non la vidi maestosamente e comodamente seduta all'interno della carrozza, alla quale io stessa avevo apportato delle modifiche per renderla più confortevole e funzionale al lungo viaggio cui eravamo destinate.

Due giovani stallieri erano già sistemati sul sedile di guida, mentre una serva aveva preso posto all'interno, di fronte a Lady Charlotte.

Quando tutto sembrò essere a posto, salii anch'io e, accomodandomi vicino alla serva, diedi l'ordine di partire.

La carrozza lasciò lentamente il cortile del palazzo e, attraversando il portone principale, si immise nella strada, brulicante di persone e animali.

Avevamo pianificato di seguire il percorso tracciato dalla Via francigena, sempre molto frequentata da pellegrini e mercanti, perché ci rassicurava pensare che avremmo sempre trovato lungo tutto il nostro viaggio delle taverne e delle erboristerie, in cui Lady Charlotte avrebbe potuto riposare ed eventualmente essere soccorsa.

Avevo elencato su un foglietto le tappe principali, che una dopo l'altra ci avrebbero condotto in Inghilterra: Novara, Biella, Aosta, Gran San Bernardo, Losanna, Pontalier, Besançon, Rar sur Aube, Reims, Arras, Bruay e infine Calais. Da quella località, poi, avremmo preso una barca, che ci avrebbe permesso di raggiungere le coste inglesi in breve tempo.

Nutrivo molti dubbi sulla buona riuscita del viaggio ed ero molto preoccupata per quello che sarebbe potuto accadere, ma dopotutto dovevo pensare che stavo esaudendo le ultime volontà della mia signora, che aveva dimostrato la sua magnanimità nei miei confronti anche in quell'occasione.

Aveva, infatti, disposto che al mio rientro a Milano il suo palazzo diventasse di mia proprietà e che da quel giorno tutti fossero obbligati a chiamarmi Lady Rosmunda. Non riuscivo però a gioire per quel generoso lascito, perché sapevo che al mio rientro lei non sarebbe più stata al mio fianco.

Asciugandomi furtivamente una lacrima, tentai di scacciare quei tristi pensieri dalla mia mente e mi gettai a capofitto a valutare gli aspetti tecnici del nostro viaggio.

«Non dovete preoccuparvi eccessivamente, Rosmunda.» Mi disse dolcemente Lady Charlotte, vedendomi ripassare ossessivamente gli appunti del viaggio. «Nessuno ci sta aspettando; se Dio lo vorrà, arriveremo a destinazione con calma e senza intoppi.»

Mi obbligai a credere alle sue parole.

Quella mattina mi ero alzata prestissimo, prima dell'alba, così pensai che fosse giunto il momento di schiacciare un pisolino, ma il continuo sobbalzare della carrozza e gli occhi di Lady Charlotte, puntatimi addosso, mi impedirono di addormentarmi.

Profonde e scure occhiaie incorniciavano il suo sguardo: inutile negarlo, era l'inizio della fine.

Pregai la Santa Vergine di concederle almeno la grazia di morire in Inghilterra, come tanto desiderava, e non miseramente in una carrozza.

Intuendo forse i miei brutti pensieri, la mia signora tentò di smorzare l'atmosfera, invitandomi a riprendere il discorso interrotto quella mattina nella sua stanza.

«Rosmunda, parlatemi di vostra nonna.» Esordì Lady Charlotte. «In questi anni insieme, l'avete nominata spesso nel corso delle nostre conversazioni.»

Le raccontai molto volentieri tutto quello che ricordavo di nonna Caterina, non omettendo alcunché, neanche le cattiverie e i torti, che aveva dovuto subire a causa della sua fama di strega.

«Come già sapete, anch'io sono una strega,» sentenziai orgogliosa.

La serva, che fino a quel momento era rimasta in silenzio, a quelle mie parole reagì con un moto di stizza, ricomponendosi però immediatamente, temendo la mia ira.

Dopotutto era solo una sempliciotta, per cui decisi di sorvolare e di non dare troppo peso alla cosa. Gentilezza della quale mi pentii in seguito, quando la sorpresi quello stesso giorno a confabulare con gli stallieri contro di me nel corso di una piccola sosta.

Era chiaro che non avrei più potuto fidarmi dei miei compagni di viaggio, ma feci loro capire di non tirare troppo la corda se non avessero voluto essere sollevati dal loro incarico, per il quale era già stata concordata una generosa ricompensa.

* * *

Il viaggio fu terribile!

Ogni tipo di imprevisto ci capitò in quei lunghissimi e interminabili giorni, molti dei quali trascorsi in qualche luogo di fortuna per riparare la carrozza o per proteggerci dalle prime bufere di neve, che soprattutto nei valichi alpini ci colsero impreparati.

Attraversammo in successione tutte le località, che avevo annotate prima della partenza da Milano, ma anche tantissimi piccoli villaggi, che si trovavano lungo il percorso e in cui, a causa della malasorte, fummo costretti a chiedere riparo e ristoro.

Nelle borgate più umili, dove non c'erano locande, si dimostrarono particolarmente ospitali i curati, che il più delle volte, riconoscendo l'alto lignaggio di Lady Charlotte, misero completamente a nostra disposizione le loro case.

Parallelamente all'inasprirsi del nostro viaggio, anche le condizioni generali della mia signora andavano peggiorando e, dopo ottantatré giorni di peregrinazioni varie, sembrava ormai vicinissima alla fine.

Pregavo con ardore e insistenza la Madonna, perché le concedesse la grazia di vedere la sua terra un'ultima volta

A renderle ancora più gravoso il viaggio fu un improvviso calo di voce, accompagnato da una fastidiosissima irritazione orale, che le tolse anche l'unico sollievo rimastole: chiacchierare in mia compagnia.

Sperando che non fosse ancora tutto perduto, continuavo con costanza a somministrarle un infuso di foglie di rovo, che mia nonna diceva essere miracoloso per gli arrossamenti della bocca, senza sortire però gli effetti desiderati.

Non potevo più negarlo: Lady Charlotte sarebbe morta in brevissimo tempo.

«Quando la padrona morirà,» sentii la serva dire agli stallieri, mentre stavo accovacciata dietro una siepe per svuotare i miei intestini, «uccidiamo la strega, la bruciamo, perché la sua anima non possa perseguitarci, e ce ne torniamo dritti dritti a casa, dove racconteremo che, per volere di Lady Rosmunda, siamo i legittimi eredi di tutta quella fortuna.»

In quel momento, uscii allo scoperto e afferrai la serva per la treccia, assestandole un sonoro ceffone sul viso. Poi, rivolgendomi agli stallieri, proibii loro di rivolgerle ancora la parola, se non avessero voluto conoscere davvero le ire di una strega.

Sbiancando in volto, mi promisero assoluta obbedienza e tornarono subito alle loro mansioni.

Rimasta sola con la serva, le sferrai un altro manrovescio e per punizione le tagliai la lunga treccia bionda con un piccolo pugnale, che portavo sempre con me: «La prossima volta, non mi limiterò a tagliarti i capelli.»

Era chiaro che non potevo più permettermi il lusso di allontanarmi da Lady Charlotte neanche per qualche istante nel timore che quei tre pazzi avessero potuto tentare in qualche modo di accelerarne la fine. Non era la minaccia alla mia vita a turbarmi, quanto la possibilità di vedere infrangersi il sogno della mia padrona non per cause naturali, ma per mano di tre villani.

Dopo mille peripezie e pressioni fisiche e mentali, finalmente nella tarda mattinata del 16 gennaio 1536 raggiungemmo il porto di Calais, da dove l'indomani avremmo abbandonato la Francia a bordo di una nave per raggiungere l'Inghilterra.

Tutto intorno a noi era ricoperto da una spessa coltre di neve.

Dopo aver affittato una piccola stanza di fronte al porto, molto spartana, ma almeno dotata di un comodo paglie-riccio, su cui feci sistemare Lady Charlotte, passai l'intero pomeriggio al suo capezzale, tentando di capire quello che i suoi occhi volevano dirmi.

Il recupero della voce era ormai insperato e inoltre, in quegli ultimi giorni, la spossatezza le impediva anche il solo gesticolare.

Quella sera, mangiai delle succulente patate, che mi por-tò il figlio della padrona della stanza affittata, con il quale interagii a gesti, visto che Lady Charlotte, l'unica di noi a parlare il francese, non poteva più farlo, mentre alla mia signora somministrai a piccoli sorsi il solito infuso di fo-glie di rovo, nel quale avevo disciolto un po' di miele.

Passai la notte a vegliare Lady Charlotte e a pregare il buon Dio affinché la tenesse in vita ancora per qualche giorno.

* * *

Alle prime luci dell'alba del nuovo giorno, senza avvi-sare gli stallieri e la serva, che lasciai per ripicca al loro destino senza neanche un soldo, visto che gestivo io le spese del viaggio, Lady Charlotte fu issata a bordo di una vecchia nave; io ero ovviamente al suo fianco.

Delirante a causa della febbre alta, sarebbe riuscita a mo-rire sulla sua amata isola, ma forse – e quel pensiero mi feriva più di ogni altra cosa – non l'avrebbe mai saputo.

Il marinaio, proprietario del natante, mi assicurò lo sbar-co a Dover entro quattro o cinque ore, mare permettendo, e il suo aiuto per trovare al di là dello stretto una nuova carrozza e un uomo fidato, che ci avrebbe condotto fino al castello di Bodiam a Robertsbridge.

Per tutto il tempo della traversata, restai vicina a Lady Charlotte, tenendole teneramente la mano e di tanto in tanto asciugandomi le lacrime, che mi rigavano il volto.

Dover - Folkestone - Londra
Gennaio 1536

Avvistammo le bianche scogliere di Dover, quando erano trascorse poco più di quattro ore dalla nostra partenza dal porto di Calais.

Ecco, dunque, finalmente di fronte a me l'Inghilterra! Terra che vedevo per la prima volta, ma a cui la mia vita era legata per vari motivi ormai da molti anni.

In quel momento, mi sembrò di avere Guglielmo al mio fianco, che con la sua consueta e incontenibile allegria mi diceva: «Madre, l'Inghilterra.» Fu una fugace, ma dolorosa sensazione.

Da quando avevamo lasciato Milano, ero stata troppo occupata a prendermi cura di Lady Charlotte e a vigilare sulla nostra incolumità per pensare seriamente a quanto mi mancassero mio figlio, mia nuora e i miei nipotini, ma in quel frangente, mentre la mia mente si stava rilassando, felice di essere riuscita a portare a termine la missione, percepivo con feroce malinconia quanto estrema fosse la mia solitudine.

Lady Charlotte stava morendo e mio figlio, così lontano, era come se lo fosse già. Che senso aveva rientrare a Milano? Che senso aveva insediarmi in un palazzo, circondata da chissà quanti cospiratori e nemici? Che senso aveva tornare alle origini?

Forse – me lo suggeriva il cuore – sarebbe stato più conveniente restare definitivamente in Inghilterra, dove avrei potuto tirare avanti facendo la cameriera in qualche taverna e consolare la mia solitudine, prendendomi cura della tomba della mia signora.

A ridestarmi da quei tristi pensieri fu il forte rumore provocato dal cozzare della nave contro gli scogli.

Attraccammo in un piccolo, ma brulicante porto: marinai, mercanti, bambini vocianti, lavandaie e pescatori.

Il primo a scendere fu il traghettatore, che durante la traversata si era presentato come Nicholas Eyre di Wakefield, assicurando il natante agli ormeggi.

Io restai ferma al mio posto, vicino a Lady Charlotte, in attesa che le poche persone, che erano partite dalla Francia con noi, lasciassero l'imbarcazione.

Nel frattempo, mi chinai dolcemente su di lei e le sussurrai all'orecchio: «Siamo in Inghilterra, a Dover esattamente; fra poco riprenderemo il nostro viaggio verso il castello di Bodiam.»

Lady Charlotte non aprì gli occhi né manifestò emozioni, ma trovò la forza per stringermi lievemente la mano, dandomi la dimostrazione di aver capito quello che le stavo dicendo.

Dopo un po', arrivò Nicholas con alcuni uomini e trasportarono la mia signora in una piccola stanza riscaldata, che puzzava però di muffa, adiacente ad una chiassosa locanda, da cui proveniva una commistione incomprensibile di voci. Le uniche parole, che riuscii ad intendere, non sembravano rassicuranti: «A morte la puttana seduta sul trono della nostra Regina.»

Solo in seguito avrei dato il giusto significato a quella frase, ma in quel momento non ero in grado di capire a cosa si riferisse.

Oltre al forte odore di muffa, il tugurio, in cui eravamo state sistemate, era infestato da topi e scarafaggi, che andavano e venivano indisturbati, incuranti dalla nostra presenza, fino a quando, con l'intento di smorzare quel puzzo di muffa, non misi delle foglie di menta e timo in un pentolone che, colmo d'acqua, bolliva sul fuoco e da cui si sprigionò un profumo pungente, che parve infastidirli e indurli alla fuga.

Dopo aver pregato Nicholas di procurarmi una carrozza e qualcuno di sua fiducia che l'indomani fosse stato disposto ad accompagnarci fino a Robertsbridge, trascorsi il resto della giornata al capezzale di Lady Charlotte, somministrandole a più riprese il consueto infuso di foglie di rovo con il miele e occupandomi dell'igiene della sua persona.

Quando calò la notte, che le cose ci nasconde, mi sistemai alla meglio in attesa dell'alba: dovevo riposare un po', se volevo essere in forze il giorno successivo, ma non potevo permettermi il lusso di cadere in un sonno profondo; non con Lady Charlotte in quelle condizioni.

Mi avvolsi in una calda coperta e mi accomodai su uno sgabello, con la schiena appoggiata al muro, vicino al focolare, così da poterlo alimentare senza dovermi scomodare in continuazione.

* * *

L'indomani di buon'ora, felice che Lady Charlotte non fosse ulteriormente peggiorata, uscii alla ricerca di Nicholas per verificare se fosse stato in grado di procurarmi quanto richiesto.

Lo trovai dopo un po' ad aspettarmi a bordo della sua nave, intento a sorseggiare un po' di birra calda.

«Buongiorno, Lady Rosmunda. Ho tutto quello che mi avete chiesto. Thomas, mio cugino, vi farà da guida e da scorta fino a Robertsbridge. Potete fidarvi di lui.»

«Grazie, Nicholas. Che Dio vi benedica» gli dissi, allungandogli con la mano una generosa ricompensa in denaro.

Tornata da Lady Charlotte, ebbi solo il tempo di piegare la mia coperta e di rimetterla nel baule, prima che Nicholas, Thomas e altri due uomini si presentassero in attesa di ordini.

Lady Charlotte fu sistemata nella carrozza con tutte le premure possibili, tanto che, per un attimo, quei quattro omoni mi parvero delle vestali. Io mi accomodai al suo fianco e Thomas si mise alla guida.

Poteva, dunque, cominciare l'ultima tappa del nostro viaggio.

Non sapevo se Lady Charlotte sarebbe arrivata viva a destinazione, ma mi consolava il fatto che quanto meno sarebbe morta sul suolo inglese, come da suo esplicito desiderio.

Dopo alcune ore di viaggio, durante le quali facemmo diverse soste lungo il percorso, nel tardo pomeriggio giungemmo a Folkestone, dove grazie all'aiuto di Thomas riuscii a trovare una locanda che avesse una camera al piano terra, adatta a Lady Charlotte, che purtroppo stava dando ulteriori segni di peggioramento.

Sebbene in grande apprensione per la salute della mia signora, non potei non notare l'aria triste e malinconica che avevano un po' tutti gli avventori di quella locanda.

«Scusate l'impertinenza, messere,» dissi all'oste, che mi aveva raggiunto in camera per portarmi un catino d'acqua calda, «sareste così gentile da spiegarmi per quale motivo i vostri avventori sembrano essere così mesti e sconsolati?»

Trattenendo a stento le lacrime, mi spiegò che una grave sciagura incombeva sull'Inghilterra. Solo nove giorni prima, infatti, era morta la loro Regina, Caterina d'Aragona, distrutta dalla cattiveria e dall'ingiustizia del Re e della sua amante.

«Re Henry è buono!» disse a denti stretti. «È quella puttana la colpevole di tutto! Si dice che l'abbia stregato con una pozione magica, che ha portato dalla Francia, per farsi sposare e renderlo un burattino nelle sue mani.»

Incuriosita da quelle parole, chiesi chi fosse la meretrice e cosa avesse combinato di così terribile da meritarsi l'odio del suo popolo.

«Noi non siamo il suo popolo,» mi zittì sgarbatamente, «e attenta a come parli, straniera.»

Sbalordita dalla sua ferocia verbale, mi scusai con lui e troncai frettolosamente la nostra conversazione, restando con la curiosità di sapere chi fosse quella donna tanto odiata.

Non appena l'oste se ne fu andato, sistemai Lady Charlotte per la notte: aveva la febbre alta, il respiro affannoso e versava in uno stato di totale incoscienza.

Dopodiché, mi occupai di me stessa, lavandomi con cura, prima di coricarmi e, per la prima volta dopo diverse notti, scivolare in un sonno profondo.

* * *

L'indomani, mi svegliai alle prime luci dell'alba.

Silenziosamente, Lady Charlotte se ne era andata nel corso della notte tra il 18 e il 19 gennaio 1536; aveva 63 anni.

Compostamente e in solitudine, piansi la sua dipartita e nel contempo, forse, anche la mia condizione di donna anziana e sola in un paese che non era il mio e in cui non avevo alcun punto di riferimento.

Dopo un po', uscii dalla mia stanza e comunicai all'oste la triste notizia; lo pregai di avvisare Thomas, di procurare una bara e di chiamare un religioso, meglio se un frate agostiniano, perché sapevo che Lady Charlotte era molto legata a quell'Ordine.

Ma a quest'ultima richiesta, l'oste si fece scontroso: «Non ci sono più frati in Inghilterra: alcuni sono finiti sulla forca e gli altri sono stati rispediti a Roma.»

Quelle parole mi sconvolsero! Quante volte avevo sentito Lady Charlotte vantarsi della profonda lealtà degli Inglesi nei confronti del Santo Padre, che addirittura aveva investito Re Henry del titolo di *Defensor fidei*? E quante volte lei stessa aveva sottolineato la sua profonda religiosità, coltivata fin dalla culla all'interno di una famiglia altrettanto devota e timorosa di Dio?

Forse qualcosa era cambiato ed io lo ignoravo.

Di fronte all'ennesima reazione collerica dell'oste, per la seconda volta decisi di non approfondire l'argomento e di ingoiare le mie perplessità.

Rientrai nella stanza e cominciai a dedicarmi alle spoglie mortali di Lady Charlotte.

La lavai con cura, profumando le sue membra irrigidite con delle erbe, che avevo colto prima di intraprendere quel lungo viaggio. La vestii con l'abito da lei stessa indicatomi a suo tempo; le pettinai e sistemai i lunghi capelli, raccogliendoli in una treccia; infine le misi tra le mani un rosario e, come da tradizione, una monetina per il traghettatore delle anime, che l'avrebbe accompagnata nel regno dei morti.

Vegliai a lungo la sua salma, prima che Thomas e l'oste interrompessero le mie silenti preghiere per introdurre rumorosamente nella stanza una robusta bara di legno.

Vi adagiammo con cura il corpo di Lady Charlotte, prima di procedere con gli ultimi ritocchi affinché fosse impeccabile.

«Ho già parlato con il prete,» mi informò l'oste, usando un tono più cortese, «ci aspetterà in chiesa nel primo pomeriggio per officiare il rito funebre.»

Detto questo, se ne andò, lasciandomi in compagnia di Thomas che, visibilmente imbarazzato, non sapeva trovare le parole adatte per chiedermi del suo compenso.

«Non temete,» lo rassicurai, «vi darò immediatamente quanto stabilito, anche se il destino non ha voluto che arrivassimo al castello di Bodiam. Da questo momento, sentitevi libero di ritornare a Dover. Io mi fermerò a Folkestone ancora per un po' di tempo o forse per sempre. Da domani non avrò altro scopo nella vita se non quello di prendermi cura della tomba di Lady Charlotte.»

Thomas parve sinceramente dispiaciuto della mia triste condizione e si offrì di restare con me fino alla fine delle esequie, che, come stabilito, ebbero luogo nella vicina chiesa di St. Mary e St. Eanswythe, alla presenza di solo sei persone: io, Thomas, l'oste, il prete e due suoi aiutanti.

Alla fine, accompagnammo Lady Charlotte al cimitero, dove temetti un mio mancamento, quando vidi la bara scendere lentamente nella tomba.

Mentre i becchini riempivano velocemente la fossa, dal cielo cominciarono a scendere copiosi fiocchi di neve, che in brevissimo tempo ammantarono tutto di bianco.

Calava così il sipario sull'esistenza di una donna straordinaria, a cui tanto avevo dato, ma da cui tanto avevo ricevuto.

Thomas non mi lasciò mai sola fino al nostro rientro alla locanda; poi si congedò, chiedendo all'oste di avere cura di me.

Mi ritirai nella mia stanza. Mi sentivo stanca, vuota e terribilmente sola. Tutti coloro che amavo se n'erano andati. Ero sola come un fiore di campo, che scampa al taglio netto della falce per poi ergersi a contemplare lo scenario di morte attorno a sé.

Avevo sonno, tanto sonno. Mi coricai senza spogliarmi, promettendo a me stessa che il giorno successivo avrei deciso cosa fare della mia vita: restare in Inghilterra o organizzare con calma il mio rientro? Ma rientrare dove?

* * *

Tre giorni dopo la morte di Lady Charlotte, rientrando da una visita alla sua tomba, trovai ad attendermi alla locanda tre uomini in uniforme, che saltando i convenevoli mi informarono che, per ordine di Sua Altezza Reale Re Henry d'Inghilterra, ero in arresto con l'accusa di stregoneria.

Quelle parole scatenarono il panico tra gli avventori della locanda e lasciarono me impietrita che, pur non sapendo cosa fare, mi rendevo conto che non avrebbe avuto senso opporre alcuna resistenza.

«Avete pochi minuti,» mi intimò il più grosso dei tre, «per raccogliere le vostre cose e seguirci; ci aspetta un lungo viaggio.»

Venni accompagnata come una delinquente nella mia stanza, dove raccolsi le poche cose che potevo realmente considerare mie – uno scialle, una coperta, una cuffia per i capelli e un sacchettino di erbe – e il libro di preghiere di Lady Charlotte.

Fui, invece, costretta a lasciare il baule, contenente tutte le cose della mia signora, che avevo sperato di conservare come prezioso ricordo, ovunque mi avesse condotto il destino.

Quando uscimmo all'aperto, trovai una carrozza ad attendermi e una piccola folla di persone, curiose di vedere la strega.

Attraversai con il cuore in gola e tremendamente imbarazzata il piccolo cortile della locanda e raggiunsi la carrozza, dove, una volta a bordo, chiesi con reverenza quale fosse la destinazione. La risposta fu un tremendo ceffone, che quasi mi spaccò la mandibola, e l'ordine di stare in assoluto silenzio.

La carrozza si mise in marcia velocemente, mentre io, seduta tra due dei miei tre carcerieri, mi massaggiavo la guancia dolorante e offesa.

Non saprei dire quanto durò il viaggio, perché a tratti mi capitava di perdere i sensi, ma soprattutto a causa di pesanti cortine nere che mi impedivano di guardare all'esterno.

Nessuna cortesia mi venne riservata: restai a digiuno, in silenzio come ordinatomi, e, ad un certo punto del viaggio, anche senza il conforto del libro di preghiere di Lady Charlotte, che tenevo tra le mani: «Questi libri non possono più circolare in Inghilterra.»

L'oltraggio peggiore, accettato mio malgrado senza batter ciglio, fu però quando venni bendata su suggerimento di uno dei tre, preoccupato del fatto che, usando lo sguardo, avrei potuto in qualche modo lanciare un sortilegio su di loro.

Dopo diverse ore di viaggio, la carrozza si fermò. Dall'esterno provenivano rumori e voci, che non riuscivo a comprendere.

Ero molto stanca e disorientata. Non sapevo ancora dove mi avessero condotta e sentivo una grande agitazione crescermi nel petto.

I miei carcerieri restavano in silenzio e, anche se ero ancora bendata, immaginavo i loro volti inespressivi guardarmi con durezza.

La carrozza riprese a muoversi lentamente e percorse un breve tratto prima di arrestarsi nuovamente.

Uno dei carcerieri mi afferrò un braccio e, strattonandomi e sbendandomi nel contempo, mi intimò di scendere.

La luce del sole mi ferì gli occhi e faticai prima di poterli tenere aperti normalmente.

Mi trovavo in un grande spiazzo erboso, all'interno di un castello che non appariva certo un luogo particolarmente ospitale.

A rendere ancora più cupa l'atmosfera ci pensavano dei grossi corvi neri, che con il loro lugubre gracchiare sembravano dei messaggeri di morte.

Mi trovavo nella Torre di Londra.

All'improvviso, alle mie spalle, tuonò una possente voce maschile: «L'accusa che grava su di voi è molto pesante! Come pensate di discolparvi di fronte a Re Henry e a tutta l'Inghilterra?» Temevo quelle parole terribilmente, ma il non avere alcunché da perdere mi conferiva tutto sommato una certa temerarietà.

Mi girai molto lentamente, cercando di sembrare il più serena e accomodante possibile: «Messere, non rinnego quello che sono,» dissi non valutando le conseguenze, «ma non potrete dimostrare la mia malafede, perché io sono una donna senza macchia.»

«L'Inghilterra sta attraversando un periodo infausto,» continuò l'uomo, «e il nostro Re non riesce ad avere il tanto desiderato figlio maschio; è nostra convinzione che siano persone come voi ad impedire la nascita dell'erede di Sua Maestà e per questo risponderete delle vostre colpe di fronte a questo tribunale. Ora seguitemi senza meditare alcun tentativo di fuga, altrimenti non ne uscirete viva.»

Entrammo all'interno dell'edificio antistante e, percorsi un paio di corridoi, giungemmo in un piccolo locale, odorante di muffa, le cui pareti, trasudavano umidità ed erano parzialmente nascoste da vecchie e incurvate mensole di legno, su cui erano collocati numerosi plichi di carta.

Al centro della stanza vi era un tavolo massiccio, sul quale stava appollaiato un vecchio canuto e curvato dal peso degli anni. Alle sue spalle, due individui mantellati lo vegliavano, come se fossero i suoi angeli custodi.

C'erano, poi, sparsi qua e là degli attrezzi, che riconobbi subito essere di tortura e che mi scatenarono un senso di puro terrore.

Non mi interessava di vivere o morire, visto che avevo compiuto la mia missione, ma il dolore fisico mi spaventava moltissimo.

In quel momento, pensai a mio figlio Guglielmo, che si trovava così lontano da me; cosa avrebbe fatto, sapendomi in grave pericolo?

Le mie divagazioni furono subito interrotte dalla stridula voce del vecchio, che mi intimò di sedermi sullo sgabello, che mi stava indicando con l'indice ossuto e reumatico della mano destra.

Poi abbassò lo sguardo e cominciò a scrivere, leggendo ad alta voce le parole, che stava imprimendo sul foglio:

Addì 21 gennaio 1536, ventisettesimo anno di regno di Sua Maestà Re Henry VIII d'Inghilterra, viene processata con l'accusa di stregoneria...

«Come vi chiamate?»
«Rosmunda.»
«Quando e dove siete nata?»
«Sono nata il 14 maggio 1479 a San Mauretto nei domini della Serenissima Repubblica di Venezia.»

«Da dove provenite?»

«Da Milano.»

«Per quale motivo siete venuta in Inghilterra?» ...

Uno dopo l'altro, risposi a tutti i suoi quesiti, senza mai esitare e dando prova della mia onestà e buonafede, fino alla fatidica domanda: «È da molto tempo che vi dedicate alla magia?»

«Non so cosa sia la magia, Vostra Eccellenza.»

Cambiando tono e con un ghigno inquietante, il vecchio disse: «Credo che quest'ultima domanda non vi sia risultata di facile intendimento, considerata la vostra risposta. Proverò a riformularvela in maniera più diretta. Da quanto tempo praticate sortilegi e malefici per nuocere al vostro prossimo?»

Sbigottita da tali parole e diventando paonazza a causa della terribile offesa, negai con forza di aver praticato incantesimi con lo scopo di arrecare danno a persone o cose, ma al contrario di essermi sempre adoperata per essere di conforto e concretamente di aiuto al prossimo, proprio come mi era stato insegnato da mia nonna Caterina.

Dimostrando assoluta indifferenza alle mie parole e successivamente alle mie suppliche, il vecchio non mi pose altre domande, ma con un cenno del capo invitò i suoi assistenti ad avvicinarmi un marchingegno, nel quale venne infilato il mio piede sinistro.

Alzandosi in piedi, mi disse: «Forse più tardi, sarete più propensa a collaborare con noi.»

Uscì, sbattendo violentemente la porta.

Non appena se ne fu andato, i due uomini rimasti a farmi compagnia, se così si può dire, fecero quanto loro ordinato: con un martello mi spappolarono le dita del piede senza alcuna esitazione.

Ricordo solo i primi due dolorosissimi colpi, perché prima che anche il terzo venisse assestato caddi priva di sensi.

* * *

Ripresi conoscenza molte ore dopo, risvegliandomi in una piccola stanza, dolorante e sanguinante a causa della mutilazione inflittami.

Oltre al dolore al piede, ne avvertivo uno fortissimo anche alla testa, che mi straziava le tempie ad un ritmo martellante.

Non saprei dire per quanto tempo rimasi inerte a fissare il soffitto e ad ascoltare il mio disperato dolore, prima di raccogliere le poche forze rimastemi e sollevare il busto da terra.

Dovevo in qualche modo fasciare quella tremenda ferita al piede, se volevo impedire che si infettasse e portasse a conseguenze peggiori.

Strappai con forza un lembo di stoffa dalla mia sottoveste, che rispetto alla gonna era un pochino più pulita, ed estrassi da una tasca del mio scialle il sacchettino di erbe, dal quale non mi separavo mai.

Purtroppo le vicissitudini di quelle ultime ore ne avevano polverizzato il contenuto, tanto da impedirmi di riconoscere un'erba dall'altra, per cui fui costretta ad affidarmi alla sorte: le avrei usate tutte per creare un composto di fortuna da spalmare sulle ferite.

Aiutandomi con la saliva e con le dita, impastai nel palmo della mia mano una bella manciata di polvere d'erbe, fino a quando non ottenni una poltiglia omogenea; con cura ricoprii tutta la parte, su cui il martello aveva infierito, cercando di mantenere separate le dita, o ciò che ne rimaneva, l'una dall'altra; e infine fasciai con cura tutto il piede fino alla caviglia.

A quel punto, non mi restava che aspettare e vedere come si sarebbe evoluta la situazione.

Nella stanza in cui mi trovavo, non c'erano né finestre né arredi, neanche un po' di paglia, su cui distendermi, così fui costretta ad accontentarmi delle dure pietre del pavimento.

Molto lentamente il dolore alla testa si attenuò, non così purtroppo quello al piede.

Avevo molta sete.

Spinta da quella necessità, mi alzai in piedi, cercando di ignorare i fortissimi dolori al piede, e andai ad assestare qualche pugno alla porta nella speranza che qualcuno mi ascoltasse.

Nessuno rispose.

Il tempo passava e nessuno si faceva vivo. Ad un certo punto, ricordandomi di alcune tragiche storie lette sui libri di Don Rosario, pensai terrorizzata di essere stata murata viva e condannata a morire di fame e di sete.

Poi i miei occhi notarono delle goccioline di umidità, che trasudavano dalle pietre del muro, su alcune delle quali era cresciuto anche del muschio di un verde particolarmente intenso.

Senza pensarci, mi gettai su di esse, leccandole e raschiandole con i denti, soddisfacendo così almeno in parte la mia sete e la mia fame.

Seguirono giorni tremendi, durate i quali per sopravvivere dovetti ripetere ossessivamente quell'operazione, trovando anche la forza per tenere il mio piede costantemente medicato.

Fortunatamente quelli furono giorni molto piovosi e l'umidità non venne mai a mancare, permettendomi così di non patire più la sete o, quanto meno, di non morirvi.

I molti giorni di digiuno, invece, provarono molto il mio corpo vecchio e stanco.

Un giorno, però, non saprei dire quanto tempo fosse passato dal mio incarceramento, i cardini della porta cigolarono, annunciandomi l'ingresso di una ragazzina sui dieci anni, tutta vestita di bianco, che reggeva con le mani un vassoio, sul quale c'erano un tozzo di pane e una brocca d'acqua.

Mentre io la fissavo stordita, lei mi sorrise, forse provando pietà della mia condizione, e con modi aggraziati appoggiò il vassoio a terra, dicendomi che sarebbe tornata più tardi e di pensare ad un desiderio.

Divorai il pane con voracità, stando ben attenta a non farne cadere neanche una briciola. Fu, quindi, la volta dell'acqua, che tracannai con avide sorsate.

Il mondo, anche in quella situazione, sembrava migliore a pancia piena.

* * *

La ragazzina non venne più tardi, come mi aveva promesso, ma solo dopo diversi, forse un paio, di giorni.

Entrando nella mia cella, il suo viso era raggiante, pieno di voglia di vivere e appagato. Portava con sé un altro vassoio, su cui erano adagiati pane, acqua e un libro, sul cui dorso c'era scritto *Book of common prayer*.

Non fu necessario pregarmi affinché spazzolassi tutto quanto.

Aspettò pazientemente che terminassi di mangiare, prima di interrogarmi: «Avete pensato a quale desiderio esprimere?»

Effettivamente di tempo per pensare ne avevo avuto tanto e sicuramente la lista dei desideri avrebbe potuto essere lunga, ma cosa poteva fare per me quella bambina?

Sarebbe forse stata in grado di riportarmi Guglielmo? Sarebbe forse stata in grado di ridarmi tutti i miei cari defunti? Oppure sarebbe forse stata in grado di ridarmi la libertà?

Tutto ciò mi sembrava quanto mai assurdo.

Decisi, pertanto, di optare per una cosa semplice e di facile realizzazione, tanto per non svilirla.

«Desidererei tanto,» le dissi, guardandola con occhi penetranti, «avere ogni giorno un tozzo di pane e una brocca d'acqua fresca.»

Improvvisamente, il suo sguardo si rabbuiò e dal suo viso svanì l'allegria: «Pensate forse che una ragazzina» mi rispose, forse captando il mio pensiero «non sia in grado di esaudire desideri più importanti?»

Mi scusai con lei per la banalità del mio desiderio, assicurandole – anche se mentivo – che fosse realmente tutto ciò di cui avevo bisogno in quel momento.

«Chiaramente,» continuai, «oltre alla tua amicizia. Sarei felicissima se ogni giorno tu potessi venire qua a chiacchierare un po' con me.»

Bastarono queste poche e convincenti parole per riguadagnare completamente la sua fiducia.

Le raccontai tutta la storia della mia vita, partendo dal quel lontano 14 maggio 1479.

Fu poi il suo turno.

Mi raccontò di chiamarsi Agnes e di avere undici anni; di essere la figlia di una delle sguattere della prigione e orfana di padre fin dalla nascita.

Approfittando della sua loquacità, decisi di porle alcune domande, che da un po' mi rodevano dentro.

«Prima di giungere a Londra,» continuai, «ho spesso sentito dire che una meretrice, così l'hanno chiamata alcune persone, sta rovinando il vostro re; sai forse dirmi chi sia questa donna?»

«Il suo nome non me lo ricordo,» rispose prontamente, «ma quello che avete sentito è vero! Quella megera ha lanciato un sortilegio a Re Henry che, anche se contro la sua volontà, si è perdutamente innamorato di lei, ripudiando la vera Regina, che è morta a causa del dispiacere.»

«Comunque,» continuò, «girano voci che anche per lei i bei tempi siano già tramontati. Non è riuscita, nonostante la sua magia, a partorire un maschio, ma solo una femmina e poi più niente.»

Continuai l'interrogatorio.

«Cosa pensano gli inglesi delle streghe e come le trattano?»

Dimostrandosi stupita della mia domanda, che evidentemente considerò sciocca, Agnes mi disse: «Cosa volete che facciano alle streghe? Le bruciano sul rogo.»

Improvvisamente quella risposta mi privò della voglia di proseguire la conversazione, ma trovai la forza per porle ancora una domanda: «Che giorno è oggi?»

«Dunque, fatemi pensare,» mi disse, portandosi un dito alla bocca e alzando lo sguardo, «oggi è il 29 gennaio.»

La prima cosa, a cui pensai, fu la morte di Lady Charlotte: erano passati solo dieci giorni, ma la mia percezione era diversa.

Finsi un'improvvisa spossatezza e chiesi ad Agnes di poter riposare per qualche ora. Non potevo dare sfogo alla mia disperazione in sua presenza.

Che triste destino mi stava attendendo!

Mi raggomitolai su me stessa e appoggiai la testa alle ginocchia. Mi sentivo vuota e in preda al terrore, impotente e tremendamente sola. I crampi allo stomaco mi laceravano la carne, ma anche lo spirito.

In quel momento, c'era solo una cosa che forse avrebbe potuto calmarmi: il libro di preghiere, che Agnes mi aveva portato.

Se il destino aveva scelto per me un epilogo così cruento, avrei almeno potuto prepararmi spiritualmente, pregando e confessando direttamente a Dio i miei peccati.

Lessi a lungo e con molto coinvolgimento, prima di essere sopraffatta dalla stanchezza, che mi fece scivolare in un sonno profondo, durante il quale sognai una giovane donna dai lunghi capelli corvini e una bambina, seduta sulle sue ginocchia, riccamente vestita e con la chioma riccia e rossa, che seguitava con imperiosità e senza sosta a proclamare: «Io sono l'Inghilterra.» Ad un certo punto, la testa e una mano della donna rotolarono lontane, come se fossero state recise di netto da un invisibile vigoroso colpo. Non riuscii a vedere dove fosse finita la testa, ma la mano arrivò fino ai miei piedi, facendomi notare una cosa sconvolgente: quell'arto sanguinante aveva sei dita, anziché cinque.

Mi risvegliai di soprassalto e, nonostante fosse inverno, madida di sudore. Ma, sebbene quell'incubo mi avesse scossa profondamente, constatai quasi subito che l'angoscia, provocatami dalle parole di Agnes, aveva lasciato il posto ad una relativa tranquillità.

Ero pronta ad accettare con coraggio il mio destino, sapendo di non aver mai trasgredito agli insegnamenti e ai valori di mia nonna Caterina.

Convinta di prepararmi alla fine, in quei tristi giorni sgranai con insistenza una sorta di rosario, che ricavai da un lembo della mia sottoveste, sapientemente annodato dalle mie mani.

**

Passarono giorni, settimane e mesi senza che qualcuno, oltre ad Agnes, sembrasse ricordarsi della mia esistenza e della mia condizione di prigioniera con l'accusa di stregoneria.

Durante uno dei nostri ultimi incontri, la mia piccola amica mi raccontò tutta gongolante come la Regina usurpatrice fosse ormai fuori gioco: «L'altro giorno, ad un torneo, Re Henry si è presentato senza di lei e girano voci che stia dedicando tutto il suo tempo libero ad una giovane fanciulla di palazzo. Sono in molti a dire che quella donna sarà presto la nuova Regina.»

Non sapevo spiegarmi per quale motivo mi sentissi così attratta da quella donna che tutti disprezzavano; quando pensavo a lei, avvertivo una strana sensazione: una sorta di compassione, ma anche di compartecipazione alle sue disgrazie, come se i nostri destini fossero in procinto di intrecciarsi.

«Cara Agnes,» continuai la conversazione, «sarà forse l'età o la lunga reclusione fra queste mura, ma continuo a perdere la cognizione del tempo. Saresti così gentile da ricordarmi per l'ennesima volta che giorno è oggi?»

«Oggi è il primo giorno di maggio» e ridendo aggiunse, «l'anno è sempre il 1536.»

* * *

Tre giorni dopo, Agnes mi svegliò prima del sorgere del sole.

«Dovete venire velocemente con me; è stato chiesto di voi.»

Al suono di quelle parole, il mio cuore cominciò a martellarmi violentemente nel petto.

Era giunto il mio momento!

Avrebbero sbrigativamente letto i miei capi d'accusa e poi, nella migliore delle ipotesi, un colpo secco avrebbe posto fine ai miei tormentati giorni.

Le mie ossa sarebbero rimaste in terra straniera, lontane da quelle dei miei cari, ai quali in quel momento il mio pensiero correva.

Era inutile tentare di opporre resistenza e procurare magari delle grane alla mia piccola amica; decisi così di seguirla senza esternare le mie paure e la mia ansia.

Fui condotta in un'altra stanza, poco distante dalla mia cella, in cui trovai ad attendermi due donne, sicuramente più attempate di me, che con mosse veloci e precise mi denudarono completamente.

«Entra nel catino e comincia a strofinarti» mi disse la più rubizza delle due; poi, rivolgendosi ad Agnes, aggiunse «e tu, piccola peste, vattene subito.»

La mia giovane amica obbedì e, senza replicare, scomparve velocemente dietro la porta.

Quella fu l'ultima volta in cui la vidi; se lo avessi saputo, avrei almeno potuto ringraziarla di tutto il tempo che aveva trascorso in mia compagnia e per l'incondizionata devozione e gentilezza, con cui mi aveva trattata.

Bessie e Mary, così si chiamavano le due donne, mi aiutarono con il bagno, soprattutto lavandomi quei punti del corpo dove le mie mani non sarebbero potute arrivare.

Fu poi la volta dei capelli, che come il resto della mia persona non toccavano acqua dal giorno precedente alla morte di Lady Charlotte. Vennero abbondantemente insaponati, risciacquati con cura, pettinati a lungo per districarne tutti i nodi, cosparsi di oli profumati e infine sapientemente acconciati sulla nuca.

Strano modo avevano gli inglesi di condurre i loro condannati al patibolo! Forse l'idea di morire puliti e lindi, nelle loro abitudini, rappresentava una buona e sufficiente consolazione di fronte all'inevitabile destino.

Quando Bessie e Mary giudicarono che il mio corpo fosse a posto, restando in assoluto silenzio, si dedicarono prima alle mie unghie e poi mi aiutarono ad indossare una tunica marroncina e delle morbide pantofole.

A quel punto, le due donne mi squadrarono a lungo da testa a piedi, prima di considerare finito il loro compito.

Uscirono senza dire una sola parola, lasciandomi quivi ad attendere sconcertata la mia sorte.

Passò un po' di tempo prima che una terza donna, molto più giovane delle altre, entrasse per comunicarmi cosa mi sarebbe accaduto.

In quel momento, obbligai me stessa a mantenere la calma, decisa ad affrontare la mia fine con coraggio e fierezza.

«Questa mattina,» esordì la donna, «è stata condotta qui in stato di arresto Anne Boleyn; la signora ha chiesto di avere una domestica, che non faccia parte del suo seguito. Vi è stato affidato il compito di prendervi cura della sua persona fino al giorno della sua es... Beh, questo non vi riguarda. Se adempirete a questo compito in maniera soddisfacente avrete dato prova della vostra fedeltà a Re Henry, sarete graziata e lasciata libera di andare.»

Quelle parole mi lasciarono perplessa e confusa.

Chi era Anne Boleyn? Perché mi dovevo occupare di una prigioniera?

«Ora seguitemi,» riprese la donna, «il vostro compito comincia in questo preciso istante.»

Non ebbi il coraggio di fare domande e mi accontentai di quanto mi era stato detto. Ringraziai Dio per aver avuta salva la vita.

Percorremmo lunghi corridoi e ripide scalinate, prima di giungere in una zona della Torre molto lussuosa.

Ci fermammo di fronte ad una sorvegliatissima e blindatissima porta.

«Dimostrate la vostra fedeltà a Re Henry, servendolo con umiltà e abnegazione. Non dovete fare altro per il vostro onore e la vostra libertà.»

Continuando a non capire, inspirai profondamente, raccolsi tutte le mie forze e aprii senza esitazione quella porta, evitando gli sguardi severi delle quattro guardie e della donna, che mi aveva scortata fin lì.

Anne Boleyn
† 19 maggio 1536

Richiusi la porta alle mie spalle e mi ritrovai in una camera da letto molto grande e riccamente addobbata.

Appena visibile attraverso i bianchissimi veli del baldacchino, sul letto c'era una donna, distesa supina e quasi fagocitata dagli enormi guanciali; i suoi occhi erano sbarrati e privi di espressione, la bocca invece abbozzava un sorriso beffardo e un po' inquietante.

Ai piedi dell'unica grande finestra di quella stanza, c'erano tre dame, bellissime ed eleganti, intente a ricamare e a chiacchierare tra di loro a bassa voce.

Mi guardarono distrattamente e una di loro mi fece capire con un cenno della testa di avvicinarmi al letto.

Avanzai lentamente e con passo incerto; sentivo una forte attrazione verso quella donna: sembrava che mi chiamasse a sé come una calamita.

Quando la mia mano toccò una delle colonne del baldacchino, mi arrestai qualche istante per contemplare quella magnifica creatura, il cui pallore e respiro quasi impercettibile mi facevano pensare che fosse scivolata nel sonno eterno.

Scostai delicatamente la diafana cortina, quando all'improvviso quel corpo apparentemente inanimato prese vita e mi si gettò addosso.

Caddi rovinosamente a terra e cercai di allontanarmi, anche se era ormai troppo tardi: il suo corpo sopra il mio mi impediva qualsiasi movimento.

«Aiutami, aiutami» sbraitava «sono innocente; io sono la Regina; aiutami, aiutami...»

Immediatamente le tre dame vennero in mio soccorso e, liberatami da quella donna, che continuava a professarsi la Regina d'Inghilterra, la riportarono a letto, pregandola di calmarsi e somministrandole alcune gocce di laudano, che l'aiutarono a rilassarsi.

Non appena quella sventurata si fu calmata, le dame ritornarono ai loro ricami, ordinandomi di seguirle.

«Cosa sai?» mi disse freddamente una delle tre.

Raccontai loro brevemente come ero giunta in Inghilterra, per quale motivo, perché mi trovassi rinchiusa nella Torre e degli strani avvenimenti di quella mattina, che mi suscitavano ancora grande perplessità.

Invece di aiutarmi e di chiarirmi le idee, quelle tre altezzose signore mi intimarono freddamente: «Fai quello che ti è stato detto; non hai bisogno di sapere altro per il momento.»

Poi mi ordinarono di andarmi a sedere in fondo alla stanza, lontano da loro, e di attendere il risveglio della donna misteriosa.

Ciò avvenne solo a pomeriggio inoltrato, quando ormai il sole stava per scomparire all'orizzonte.

La donna si mise a sedere sul letto e chiese dell'acqua, che prontamente le portai.

Nel frattempo anche le tre dame si erano avvicinate al suo capezzale, dimostrando tutta la loro riverenza.

«Andatevene! Io non ho bisogno di guardiane! E tu come ti chiami?» disse a me senza distogliere lo sguardo da loro.

«Rosmunda, signora, per servirvi.»

«Io sono la Regina d'Inghilterra, non una signora qualsiasi, come quelle tre.»

Confesso che inizialmente pensai che fosse una pazza, con qualche grave turba mentale, da tenere saldamente nascosta alla società per evitare scandali e danni di immagine alla famiglia di appartenenza, sicuramente di alto lignaggio. A me quindi – pensavo – l'onere di badare a lei fino a quando l'Onnipotente non avesse deciso di porre fine ai suoi tristi giorni. Era chiaro che in quel momento ignoravo completamente la realtà dei fatti.

Mi ordinò di accompagnarla alla sua poltrona, su cui si sistemò comodamente, riacquistando un'espressione serena in volto.

Era una donna molto bella: occhi e capelli nerissimi, una carnagione olivastra, un lungo e affusolato collo; la bocca era larga e il suo sorriso, anche se spento in quel contesto, doveva essere stato contagioso e ammaliante.

Aggiustandosi con cura le pieghe della lunga gonna, la signora, che aveva preteso che mi sedessi ai suoi piedi, cominciò un lungo monologo.

«Mi sembra di capire che tu non sappia chi io sia! Mi chiamo Anne Boleyn e sono nata nella tarda primavera del 1501 a Blickling Hall nel Norfolk, nell'estremo nord di questo regno, quasi al confine con le desolate terre della Scozia. Mia madre è Lady Elizabeth Howard e nelle sue vene scorre il sangue plantageneto di Edward I; mio padre, invece, è Sir Thomas Boleyn, ambasciatore di fiducia di Re Henry, soprattutto alla corte di Francia, dove grazie a lui ho trascorso gli anni più sereni e felici della mia vita, come dama di compagnia delle regine Maria e Claudia. Poi, per volere di mio padre, all'età di circa vent'anni sono tornata in Inghilterra, entrando a far parte del seguito di Caterina, principessa del Galles, che per anni è stata l'illegittima consorte di Re Henry, avendone in prime nozze sposato il fratello, il principe Arturo. Nei giorni di Carnevale di dieci anni fa, Sua Maestà ed io abbiamo scoperto di essere fatti l'uno per l'altra e da allora la nostra è stata una grandissima storia d'amore. Sicuramente, non appena verrà a sapere ciò che è stato fatto contro la mia persona, il mio signore andrà su tutte le furie, mi vorrà di nuovo al suo fianco e farà saltare qualche testa per vendicare il grave oltraggio. Re Henry mi ama ancora come il primo giorno; nei suoi occhi c'è la stessa passione di un tempo. Nel 1532, anche se non eravamo ancora formalmente sposati, mi ha condotta con sé alla corte di Francia e tutti, per suo volere, mi hanno trattata come se fossi già la Regina. Re Henry è un uomo d'onore, così alla fine di gennaio dell'anno successivo ha voluto consacrare la nostra unione davanti a Dio, mentre nel mio ventre stava già crescendo il frutto del nostro amore. A quel punto la nostra felicità era incontenibile e Re Henry non desiderava altro che presentarmi al suo amato popolo, perché anche i suoi sudditi potessero amarmi con la sua stessa devozione. Così ebbero inizio anche i preparativi per la mia incoronazione; le celebrazioni cominciarono il 29 maggio di quello stesso anno con il mio trasferimento in pompa magna dal palazzo di Greenwich alla Torre – ahimè quanto diverso era il mio soggiorno di tre anni fa in queste stesse stanze –. Indossavo un ricco drappo d'oro e la mia chiatta era fastosamente addobbata. Ci spostammo navigando sul Tamigi e fui scortata da cinquanta grosse chiatte, ricoperte di tende e tappeti preziosi, rappresentanti le varie gilde della città di Londra; su ognuna di esse c'erano dei menestrelli, che suonavano e cantavano melodie festose. Quando arrivai alla Torre, trovai Sua Maestà ad aspettarmi ai cancelli, che si aprono sulla sponda del fiume, impaziente di baciarmi pubblicamente per suggellare anche di fronte ai sudditi il nostro amore. Due giorni dopo, venni solennemente condotta in corteo attraverso la città fino all'abbazia di Westminster. Sotto un manto di velluto porpora, indossavo un abito bellissimo, una veste di broccato cremisi, su cui era incastonata una miriade di pietre preziose, i cui colori richiamavano quelli degli splendidi gioielli che portavo al collo e ai polsi; la mia bella chioma nera ricadeva sciolta sulle spalle e lungo la schiena; in mano stringevo un delicatissimo mazzo di fiori primaverili. Anche le dame del mio seguito erano riccamente vestite da una tunica rossa con guarnizioni d'ermellino. Avanzavo tra la folla festante seduta su una portantina, sormontata da un baldacchino, retto dai baroni dei Cinque Porti; dietro di me una lunghissima processione di nobili e personaggi illustri. Il giorno successivo, era la domenica di Pentecoste, alle otto del mattino, scortata dalle mie dame e da tutti i pari del regno, varcai la sacra soglia di Westminster, dove l'arcivescovo di Canterbury mi incoronò Regina d'Inghilterra. Seguirono diversi giorni di grandi festeggiamenti. Passarono un paio di mesi e venne per me il momento di ritirarmi nelle mie stanze in attesa del parto. Eravamo tutti in attesa di dare il nostro più caloroso benvenuto al futuro re, ma il 7 settembre nacque invece una splendida bambina, a cui venne dato il nome di Elizabeth. Al momento è la prima in linea dinastica per la successione al trono, ma presto la libererò da questa incombenza, perché sento che darò alla luce il tanto atteso erede maschio, garantendo così al mio Re e al mio popolo continuità e prosperità. Sono e sarò per l'Inghilterra una buona e magnanima sovrana e, quando lo deciderà l'Altissimo, saprò mettermi da parte e lasciare che la mia stirpe continui a governare questo Paese, seguendo il nobile esempio di Re Henry. Per i miei figli sarò monito di saggezza e rettitudine, per il mio popolo il più bel ricordo del regno di Henry VIII.»

Improvvisamente si alzò in piedi e fissò un punto nel vuoto, mentre i suoi occhi si gonfiavano di lacrime.

In quel momento, la determinazione delle parole appena dette sembrava evaporare per lasciare spazio nel suo cuore solo a dubbi e incertezze.

«Stamattina sono stata arrestata con l'accusa di adulterio, incesto e cospirazione contro il sovrano. Sentiti i capi di accusa, sono stata trasferita da Greenwich alla Torre via fiume in un modo molto diverso da quello di tre anni fa. Sono entrata nella Torre attraverso il Barbican Gate e, in considerazione del mio rango, non sono stata posta nelle prigioni, ma nelle stanze che, come ti ho già detto, avevo occupato all'epoca dell'incoronazione. Qui ci troviamo negli appartamenti reali dell'Inner Ward, a sud della White Tower.»

Mi resi conto che quello sguardo perso nel vuoto e quelle ultime dolorose parole non erano quelli di una pazza, ma di una donna che stava assistendo impotente – e in fondo in fondo lo sapeva – alla sua uscita di scena.

Si lasciò ricadere pesantemente sulla poltrona, dicendo: «Caterina, maledetta spagnola, non avrai pace fino a quando non mi avrai annientata completamente.» Poi scoppiò a ridere, lasciandomi di stucco.

Per tutta la durata del suo monologo, io non dissi una sola parola e l'ascoltai con molta attenzione, ma non mi sfuggirono le silenziose reazioni delle sue dame di compagnia, che mi fecero capire quanto la versione di Anne fosse un pochino distorta.

In ogni caso, compresi che, finalmente, mi trovavo di fronte alla donna che avevo sentito tante volte nominare con dispregiativi di vario tipo.

Nelle ore successive, una dopo l'altra, capii molte più cose.

Prima di tutto, le quattro dame, Lady Anne Boleyn Shelton, zia di Anne, Lady Mary Scrope Kingston, Lady Margaret Dymoke Coffin e Lady Elizabeth Chamber Stonor, facevano parte da tempo del seguito della Regina ed erano state scelte per darle supporto materiale e morale in quel momento difficile; per ordine dei Superiori, inoltre, dovevano annotare con minuzia di particolari tutto ciò che Anne diceva e faceva, provocando così l'ira della sovrana, che le allontanava da sé, chiamandole dispregiativamente guardiane.

Per questo motivo, poi, ero stata chiamata io: la Regina aveva, infatti, preteso i servigi di qualcuno, che non avesse alcuna implicazione in affari di palazzo.

Verso sera, Anne cenò in compagnia del conestabile, con il quale parlò amabilmente di varie cose e del futuro del regno.

Pur non conoscendone i dettagli, capivo che i progetti di Anne erano utopie, partorite da una mente che non aveva più alcuna connessione con la realtà e che continuava ad ingannarsi, negando che le sue miserie dipendessero proprio dalla volontà del suo consorte.

* * *

Passarono diversi giorni apparentemente sereni, durante i quali non accaddero eventi particolarmente significativi; io e Anne eravamo entrate in confidenza e lei dimostrava apertamente di gradire molto di più la mia compagnia che quella delle dame del suo seguito.

Le nostre giornate erano piacevoli: si pregava, si chiacchierava – Anne volle sapere tutta la mia storia -, si ricamava qualche fazzoletto e si leggeva tantissimo, o sarebbe più corretto dire che lei leggeva, traducendone poi per me il contenuto: aveva, infatti, portato con sé nella Torre una traduzione in francese delle epistole di san Paolo, a cui sembrava essere molto affezionata.

Per lei ero diventata quasi una seconda mamma e anagraficamente potevo anche esserlo, vista la nostra differenza di età.

Andò tutto bene fino al 15 maggio, quando per Anne arrivò il giorno del processo.

Venne prelevata da due uomini e condotta nella Great Hall della Torre, ma questo lo seppi solo in seguito.

Quando venne ricondotta negli appartamenti reali, Anne era terribilmente pallida e pietrificata a causa di una terribile notizia: di fronte a circa duemila sudditi, il tribunale reale, composto da ventisei nobili, l'aveva riconosciuta colpevole di tutti i capi d'accusa e condannata a morte per decapitazione, ma con tutti i privilegi derivanti dal suo rango. Per ordine di Re Henry, Anne non doveva soffrire.

L'esecuzione venne fissata per il 19 maggio.

Venne chiamato appositamente dalla Francia il celeberrimo boia di Calais, Jean Rombaud, la cui fama di abile e preciso taglia teste aveva varcato i confini francesi.

Inoltre, ad Anne venne concessa una morte privata: l'esecuzione avrebbe, infatti, avuto luogo sul piccolo cortile erboso di fronte alla chiesa di St. Peter in Chains, all'interno della Torre, dove venivano giustiziati solo i prigionieri d'alto rango, e non sulla Tower Hill come di consueto.

Infine, il suo cadavere, sempre per ordine di suo marito, sarebbe stato interrato senza esequie nella stessa chiesa di St. Peter.

Ovviamente appresi tutte queste notizie nel corso dei giorni successivi al processo.

* * *

Quando Anne si riprese dallo stato di profonda prostrazione, in cui la sentenza di morte l'aveva fatta sprofondare, sembrava che la donna di prima se ne fosse andata per lasciare il posto ad un'altra, molto più vulnerabile e pietosamente disperata.

La cosa, che più la preoccupava in quei momenti, era la paura di perdere la propria dignità di donna e Regina: «Ti prego, Rosmunda, aiutami a mantenere il sangue freddo e ad andare incontro alla morte a testa alta.»

Non potevo certo raccontarle fandonie o alimentare false speranze, anche se fino all'ultimo lei confidò in un ripensamento da parte del re.

Io invece avevo capito che non ci sarebbe stata alcuna grazia dell'ultimo minuto.

Anne sarebbe stata solo una delle numerose vittime di un re crudele e subdolo, che nel profondo del mio animo sentivo di odiare.

Voci di corridoio assicuravano che, prima che il corpo di Anne si fosse indurito, una terza moglie avrebbe scaldato il letto dell'attempato sovrano.

Quegli ultimi giorni con Anne furono inaspettatamente sereni; sembrava che non le importasse di morire, anzi addirittura scherzava, dicendo che il boia non avrebbe dovuto faticare per tagliare il suo esile collo.

Sebbene in cuor mio gioissi nel vederla così impavida, non potevo ignorare un tremendo senso di angoscia, che mi attanagliava il corpo e lo spirito.

Temevo l'arrivo di quel maledetto giorno forse più di Anne e neanche la prospettiva di un'imminente scarcerazione in seguito all'adempimento del mio compito riusciva a tranquillizzarmi un po'.

Passammo lunghe ore in preghiera per la salvezza delle nostre anime, supplicando l'Altissimo di concederci – il plurale era d'obbligo – una morte veloce e il raggiungimento del regno celeste.

Anche se non è bene sfidare il destino, confesso di aver pregato in quel momento più per la sua anima che per la mia, sentendo la mia fine ancora lontana.

La sera del 18 maggio si presentò un prete di mezza età elegantemente vestito. Scoprii che si trattava di Thomas Cranmer, arcivescovo di Canterbury e massima autorità religiosa inglese dopo il sovrano, che di fatto, dopo lo scisma da Roma, era diventato il capo della Chiesa d'Inghilterra.

L'arcivescovo era venuto per permettere ad Anne di confessarsi per l'ultima volta. Lei non oppose alcuna obiezione e non tentò di muovere Cranmer a compassione ma, inginocchiatasi di fronte a lui, si limitò a ribadire la sua innocenza ed il suo amore per il re.

Prima che se ne andasse, Anne gli chiese solo se il Re avesse ricevuto le sue lettere.

«Lady Anne, non ve lo so dire» rispose l'arcivescovo.

«Lady?» disse Anne con stupore «Io sono la Regina d'Inghilterra ed esigo…»

«Lady Anne,» la interruppe Cranmer, «non siete più la Regina d'Inghilterra. Ieri il vostro matrimonio con il Re è stato annullato per suo stesso volere. Addio e che Dio abbia misericordia di voi.»

Non aggiunse altro, fece un profondo inchino e se ne andò.

Anne rimase pietrificata e, prima di perdere i sensi e cadere a terra, riuscì solo a dire: «Che ne sarà ora della mia Elizabeth?»

* * *

Anne riprese conoscenza solo nel cuore della notte, quando mancavano ormai poche ore alla sua esecuzione.

Volle mettersi a sedere e mi chiese d'invocare con lei la protezione divina sulla sua bambina: «Rosmunda, temo per la sua incolumità. La corte e i sudditi mi hanno sempre odiata; non hanno mai dimenticato Caterina e stimano tantissimo sua figlia Mary; l'unico che mi apprezzava era il re, ma ora che anche lui mi ha voltato le spalle che ne sarà di Elizabeth?»

Anne si coprì il volto con le mani e pianse in silenzio lacrime amare.

Non sapevo cosa dirle; nulla l'avrebbe consolata in quel momento di terribile disperazione, così preferii non parlare e lasciare che sfogasse tutto il suo dolore.

Mentre assistevo impotente alle sue disgrazie, il mio sguardo si focalizzò sugli artistici intarsi della poltrona, su cui stava seduta Anne, e invidiai quell'oggetto per la sua durezza e insensibilità alle vicende umane.

Chissà a quante altre scene come quella aveva già dovuto assistere. Chissà quanti disperati, in procinto di essere consegnati al braccio secolare della giustizia, avevano atteso l'estremo momento lì seduti.

Ad un certo punto, ridestandomi da quei pensieri assurdi, pensai che fosse giunto il momento di fare qualcosa per lei e per la sua bambina, così, senza pensare alla stupidaggine che stavo per dire e stando ben attenta che le dame di compagnia non mi sentissero, le proposi la fuga: «Vostra Maestà, perché non fuggiamo insieme? Potreste venire con me a Milano o a Venezia e ricostruirvi una vita, dove nessuno vi conosce.»

Anne abbozzò un sorriso pieno di tenerezza: «Rosmunda cara, perché non ti ho incontrato prima? Mi hai dato più amore tu in questi ultimi giorni di tutti gli altri. Ormai è troppo tardi per fuggire; fra poco verranno a prendermi. Non temere per me, sono sicura che la mia sarà una morte veloce e indolore. Ieri, quando ho incontrato il boia, ho preteso che mi esaminasse attentamente il collo affinché il fendente sia preciso e mi stacchi di netto e in un solo colpo la testa.»

Anne parlava di se stessa e di quello che le stava per accadere come se si riferisse ad un'altra persona. Era di fronte a me, ancora viva e vegeta, ma la sua mente era già molto lontano, in una dimensione ultraterrena, da dove forse poteva vegliare il sonno della sua bambina con apprensione materna.

Restammo in silenzio in attesa che i primi raggi di sole ci annunciassero l'inizio di un nuovo giorno: l'ultimo per Anne.

«Rosmunda, aiutami a prepararmi per cortesia; non voglio farli aspettare. Prima sistemiamo questa cosa, meglio sarà per tutti.»

Le obbedii, ma non riuscii a trattenere le lacrime e, a denti stretti, a non maledire quell'infido re.

Le quattro dame del seguito si avvicinarono a noi, offrendo ossequiosamente ad Anne il loro aiuto.

«No, grazie.» Fu la sua risposta. «Non vi porto rancore, anche se in questo periodo mi sono spesso adirata con voi; anch'io al vostro posto avrei eseguito gli ordini e cercato di salvarmi la pelle. Lasciatemi da sola con Rosmunda; fra poco, avrete l'onere di accompagnarmi al patibolo.»

Non appena si furono allontanate, Anne si liberò della camicia da notte e indossò una sottoveste color cremisi e sopra una tunica di damasco verde scuro con guarnizioni di pelliccia. Le aggiustai, quindi, una cuffia di lino bianco sul capo in modo che non le fuoriuscissero i capelli.

Alle ore otto, quando le guardie della Torre arrivarono per prelevare Anne, ci trovarono intente a pregare.

«Sono pronta,» li anticipò con determinazione, prima che loro potessero dire alcunché.

L'aiutai ad indossare il mantello e il suo copricapo preferito, poi si volse verso di me e mi abbracciò forte, regalandomi un ultimo radioso sorriso.

Io tremavo, volevo fare qualcosa per lei, volevo urlare il mio disappunto e dire che si stava uccidendo un'innocente, ma tutte le mie parole si soffocarono in gola e non mi restò che sfogare la mia disperazione in un pianto inconsolabile.

Prima di uscire dagli appartamenti reali, Anne mi cercò di nuovo con lo sguardo e, preoccupandosi dello stato di disperazione in cui mi trovavo, per alleggerire l'atmosfera trovò la forza di sorridere nuovamente e di strizzarmi l'occhio.

Poi si avviarono tutti verso l'esterno, sparirono dalla mia vista e io restai sola.

Mi appoggiai con le spalle al muro e lentamente scivolai a terra.

Qualche minuto dopo, cominciai a sentire uno strano vociare, proveniente dal cortile sottostante, e improvvisamente nitida e celestiale la voce di Anne: «Signori, mi sottometto umilmente alla legge, poiché la legge mi ha giudicato. Quanto alle mie colpe, non accuso alcuno. Dio le conosce, a Lui le rimetto, supplicandolo di aver pietà di me. Prego affinché Gesù Cristo salvi il re, mio sovrano e signore, il più buono, nobile e gentile principe che vi sia; possa regnare a lungo su di voi.»

Poi calò il silenzio, rotto pochi istanti dopo solo da un colpo sordo, che mi fece rabbrividire dalla testa ai piedi.

Mi abbandonai nuovamente alla mia disperazione, piangendo copiose lacrime amare e battendo mani e piedi sul pavimento.

Poi mi calmai e rimasi ad ascoltare il battito irregolare del mio cuore; sognai ad occhi aperti la storia della mia vita, attraverso i volti delle persone che ne avevano fatto parte in modo più significativo: nonna Caterina, mio padre, mia sorella Isabella, William, Apollonia, Amadio,

Agnese, Guglielmo, Don Rosario, Lady Charlotte e infine Anne, Regina d'Inghilterra.

Fu con il suo bel sembiante negli occhi che scivolai, senza rendermene conto, in un sonno profondo.

Sognai Anne, che si massaggiava la mano con le sei dita, e Lady Charlotte, che alle sue spalle era intenta nella lettura del suo libro di preghiere. Entrambe sembravano felici e libere da qualsiasi patimento.

«Grazie, Rosmunda,» mi disse Lady Charlotte senza muovere le labbra, «sei stata un'amica sincera e fidata. Ora non preoccuparti più per noi, perché siamo in un mondo di pace e di luce. Goditi la vecchiaia e, quando giungerai alla fine dei tuoi giorni, non avere paura; addormentati fiduciosa in Cristo, perché al tuo risveglio nella luce eterna noi saremo lì con te e non ci separeremo mai più.»

* * *

Mi svegliai di soprassalto quando una guardia, non potrei dire se fosse una di quelle che erano venute a prendere Anne qualche ora prima, entrò rumorosamente nella stanza e con tono perentorio mi comunicò che da quel preciso istante potevo considerarmi una donna libera.

Detto ciò, mi diede le spalle e fece per andarsene, ma lo pregai di ascoltarmi.

In poche parole, per evitare di irritarlo, gli raccontai dello speciale rapporto di amicizia, che era nato tra me e Anne.

«Vorrei umilmente chiedervi» continuai «di aiutarmi, se fosse possibile, a raggiungere il luogo, dove è stato portato il corpo di Lady Anne per porgergli un ultimo saluto.»

Sorpresa dalla mia domanda, la guardia sembrò per un istante perdere quell'espressione severa, lasciando intravvedere un po' d'umanità.

«Se non è già stato interrato,» mi spiegò pazientemente, «il corpo della condannata si trova nella chiesa di St. Peter.»

Lo ringraziai della preziosa informazione e ci salutammo cortesemente.

Non appena se ne fu andato, radunai velocemente le mie poche cose e, senza chiedere il permesso, mi infilai nella sacca anche il libro delle epistole paoline, che Anne aveva lasciato sulla poltrona quella mattina.

Uscii velocemente dalla Torre e in un batter d'occhio fui davanti al portone della chiesa di St. Peter.

Vi assestai qualche vigoroso colpo e rimasi a lungo in attesa prima che qualcuno si decidesse a venire ad aprire.

Dopo un po', fece capolino un prete ottuagenario, il cui volto era incorniciato da una folta barba bianca e lunghi capelli canuti.

«Figliola, per quale motivo» esordì prima che avessi il tempo di presentarmi, «bussate alla Casa del Signore?»

«Padre, con il vostro permesso vorrei dare l'estremo saluto a Lady Anne Boleyn.»

«Va bene. Entrate e aspettatemi qui.»

Detto ciò, sparì dietro uno scuro tendaggio.

La chiesa era a due navate, piccola, ma molto luminosa. C'erano qua e là delle lastre tombali e grandi ceri accesi. In fondo alla navata di destra, c'era un semplice altare, sovrastato da una grande finestra a cinque sezioni. In quel momento, però, l'altare era stato rimosso dalla sua sede ed era stato spostato sulla destra. Al suo posto si apriva un buco, da cui spuntava una scala a pioli.

All'improvviso, dalla stessa tenda dietro alla quale si era eclissato, rispuntò l'anziano prete, che con un cenno del capo mi fece capire di seguirlo.

Mi raddrizzai il più velocemente possibile, anche se le mie articolazioni protestavano per lo scatto fatto.

Oltrepassando la pesante cortina, mi ritrovai in una piccola camera funeraria, poco illuminata e priva di arredi, ma intensamente profumata d'incenso. Al centro vi era una semplice bara, sollevata da terra da due cavalletti.

«Le sue dame di compagnia» mi spiegò il prete, «hanno ricomposto i suoi miseri resti in quella bara. Per ordine del re, non potranno assistere alla sua inumazione. Vi lascio sola, perché possiate tributarle un ultimo saluto. Tra poco qualcuno verrà per seppellirla.»

Rimasta sola, cominciai ad avvicinarmi lentamente alla bara, contando i passi, come se inconsciamente attendessi l'arrivo di qualcuno per impedirmi di guardarne il contenuto, che progressivamente, invece, mi si stava palesando.

Anne era bellissima; sembrava dormire un sonno sereno; tutti gli affanni terreni erano ormai finiti per lei.

Al collo, per celare gli effetti della decapitazione, le sue dame le avevano messo un delicato fazzoletto di seta nera, mentre gli abiti erano gli stessi della mattina. Qua e là erano ben visibili degli schizzi di sangue.

Erano già passate ormai molte ore dalla sua esecuzione, eppure un alito di vita sembrava ancora resistere in quel gracile corpo.

Stavo proprio ammirando la sua perfetta figura e l'incorrotta regalità, quando con stupore notai un fagotto imbevuto di sangue avvolgerle una mano.

Glielo rimossi immediatamente per scoprire con sgomento che la sua famosa mano a sei dita non c'era più, recisa di netto all'altezza del polso.

Per quale motivo le era stata commessa anche quella barbarie?

Vegliai il corpo di Anne a lungo, pregando per la sua anima e rievocando i momenti più significativi della nostra breve ma intensa amicizia.

All'improvviso, un irrispettoso vociare, proveniente dalla chiesa e assolutamente inopportuno in quel luogo, mi avvertì che era giunto il momento dell'addio.

Baciai la fronte di Anne, assicurandole che un giorno la sua Elizabeth le avrebbe reso giustizia e tributato tutti gli onori, che in quel momento le venivano negati.

Un attimo prima di scostare la tenda, che ci separava, uno dei becchini disse agli altri: «Ora sotterriamo questa, ma poi andiamo a divertirci con delle puttane che respirino ancora.»

Quella frase mi ferì così tanto nel profondo del cuore che, non appena mi furono visibili, li incenerii con lo sguardo.

«Siete una parente?» mi disse l'uomo in modo arrogante.

Scossi il capo senza proferire parola, ma continuando a guardarlo dritto negli occhi.

«Siamo qui,» continuò l'uomo sghignazzando, «per riconsegnare alla terra il corpo di una sua illibata creatura.»

A quelle parole, gli altri due, che stavano un passo indietro, scoppiarono in una sonora risata, tanto quanto fu il ceffone che assestai sulla guancia di quell'ignorante cafone: «Un'altra parola di troppo e vi giuro che per voi sarà una brutta nottata.»

La mia reazione li lasciò impietriti per qualche istante.

«Chi ti credi di essere, vecchia pantegana?»

«Una strega» tuonò la mia voce, «e poveri voi se oserete mettere alla prova la mia ira.»

Quelle parole addolcirono improvvisamente quei tre villani, che in assoluto silenzio si adoperarono con la dovuta riverenza per la sepoltura di Anne.

La bara venne chiusa e spostata nel presbiterio, nella cui cripta sotterranea venne calata attraverso l'apertura sul pavimento in corrispondenza dell'altare, che avevo notato poco prima, mentre aspettavo il ritorno del prete.

I becchini scesero poi nella cripta per collocare la bara di Anne accanto a quella del fratello, Lord George Boleyn visconte di Rochford, accusato di fornicare con lei e giustiziato solo due giorni prima.

Quando risalirono in superficie, ricollocarono l'altare sulla sua sede e calò così il sipario sulla favola triste di Anne Boleyn, Regina d'Inghilterra: vittima dell'egoismo maschile, ma anche della sua stessa ambizione.

Adesso, mentre scrivo questo diario, ripenso a lei e il mio cuore è in pace, perché recentemente ho saputo da un giramondo che sua figlia Elizabeth siede sul trono inglese e – ne sono certa – non avrà sicuramente perso l'occasione per riabilitare la figura di sua madre.

Londra - San Mauretto
Maggio - Agosto 1536

Uscendo dalla chiesa, in cui Anne avrebbe riposato per l'eternità, fui colta da un'improvvisa spossatezza e malinconia, che mi intorpidirono tutto il corpo.

Mi lasciai cadere sull'erba del giardino antistante la chiesa e, circondata da una dozzina di corvi, che mi guardavano incuriositi, svuotai la mia mente da ogni pensiero e cominciai a fissare le bianche nubi del cielo.

Ero una donna libera, ma libera di andare dove?

Restai in quello stato di inerzia, senza che nessuno si avvicinasse a vedere se fossi viva o morta, fino a quando non mi resi conto che il sole stava calando a ponente.

Decisi che una lunga camminata forse mi avrebbe chiarito le idee.

Lasciai la Torre alle mie spalle e mi tuffai nelle caotiche strade di Londra.

Vagai a lungo senza una meta – anche perché non ne avevo alcuna – e senza sapere incontro a quale destino stessi andando.

Non avevo soldi né credenziali, ma nonostante tutto avevo capito che desideravo tornare a casa.

Nessuno avrebbe finanziato gratuitamente un viaggio così lungo, così decisi che, se avessi voluto realizzare il mio sogno, avrei dovuto trovarmi un lavoro per racimolare il denaro sufficiente.

Bussai a molte porte, prima di riuscire a trovare una persona disposta a dare fiducia ad una vecchia come me.

* * *

Claire Grant era una giovane vedova, che con il fratello Paul, da poco rientrato dalle Americhe, dove si dice che l'Inghilterra possieda ingenti ricchezze, gestiva con successo una piccola bottega di panificazione in Cheapside.

Avevano bisogno di una tuttofare, ma con un po' di esperienza, e io ero proprio la persona che stavano cercando.

La paga non era esorbitante, ma stavo davvero bene con loro: impietositi dalla mia triste storia, Claire mi offriva vitto e alloggio senza detrarmelo dallo stipendio, mentre Paul mi coccolava con ogni genere di attenzione.

Riprovavo con loro quella meravigliosa e unica sensazione di avere di nuovo una famiglia su cui contare.

Ero grata ad entrambi, ma avevo un debole per Paul, perché rivedevo in lui tutto ciò che non potevo più trovare in mio figlio Guglielmo, lontano chissà dove.

Tutto sembrava così stupendamente perfetto, tanto che avevo addirittura accantonato temporaneamente l'idea di lasciare l'Inghilterra, quando improvvisamente una nuova tempesta si abbatté sulla mia vita per l'ennesima volta.

Domenica 7 giugno era un giorno di festa in tutto il regno, perché Re Henry, dopo averla sposata in forma privata la settimana prima, presentava trionfalmente ai suoi sudditi Jane Seymour, la nuova Regina d'Inghilterra.

Per rispetto ad Anne, io mi rifiutai di partecipare ai festeggiamenti e di guardare in faccia quel re buffone, a cui non avrei potuto far altro che manifestare il mio disprezzo.

Claire e Paul, invece, uscirono per omaggiare i sovrani e ribadire la loro fedeltà alla corona.

Approfittando di trovarmi sola a casa – la bottega era chiusa in quel giorno di festa – decisi di lavare in una tinozza delle lenzuola, che Claire mi aveva chiesto di trattare con la massima cura.

Ero intenta in quella faticosa operazione, quando sentii all'improvviso delle forti e possenti mani posarsi sui miei fianchi.

Trasalii per lo spavento, calmandomi poi immediatamente quando scoprii che l'uomo alle mie spalle era Paul.

«Oh, sei tu!» dissi, passandomi una mano sulla fronte madida di sudore, «mi hai fatto prendere proprio uno spavento. Siete già tornati?»

Lui non parlava, ma continuava con intensità a guardarmi negli occhi.

«Ti sei forse inghiottito la lin...»

Non riuscii a finire la frase che le sue labbra si incollarono alle mie in un bacio mozzafiato.

Non opposi resistenza – ero troppo sorpresa dal suo gesto – restando con le mani sospese a mezz'aria, indecisa se incrociarle attorno al suo collo e lasciarmi andare o usarle per allontanarlo da me.

«Rosmunda, io ti amo.»

Scappai da lui senza rispondere e andai a rifugiarmi nella mia stanza.

Ero in preda ad una tale confusione e agitazione, che ad un certo punto mi convinsi che la testa stesse per scoppiarmi.

Quel bacio mi aveva ferita e terribilmente imbarazzata, ma allo stesso tempo aveva risvegliato in me emozioni che credevo ormai sopite per sempre.

Come potevo alla mia età, dopo una vita di indifferenza alle questioni amorose, perdere la testa per un uomo? E per di più molto più giovane di me?

«Posso entrare?» disse Claire, socchiudendo la porta della mia camera, «Non ti ho più vista e ho pensato che non ti sentissi bene.»

«Effettivamente non mi sento troppo bene,» le risposi, evitando di guardarla negli occhi per la vergogna, «mi duole la testa e, se provo ad alzarmi, vengo colpita da violenti capogiri.»

Premurosa come una figlia nei confronti della madre, Claire mi aiutò a spogliarmi e pretese che trascorressi l'intera giornata a riposo, comodamente distesa a letto.

Riposai le membra, ma la mia mente non riuscì a trovare pace.

Quel bacio aveva sconvolto ogni mia certezza e, mentre la rabbia svaniva, nel mio cuore restava solo la voglia di incontrare Paul con la stessa intimità.

Più tardi, scesi per cena, cercando di celare il mio imbarazzo, che continuavo a spacciare per indisposizione.

Ancora all'oscuro di tutto, Claire conversava con naturalezza di molte cose, mentre Paul, con la bravura di un vecchio attore navigato, le dava corda e si comportava come se nulla fosse accaduto o lo turbasse.

Io, invece, me ne stavo con gli occhi bassi a fissare senza interesse la scodella, in cui la mia minestra si stava raffreddando.

«Cara,» mi disse Claire, «questa non è stata proprio una buona giornata per te! Sei ancora molto pallida e rifiuti il cibo. Ritorna a letto e riposa tranquillamente; questa sera sistemerò io la cucina al tuo posto e magari il mio fratellino si offrirà spontaneamente di darmi una mano, vero Paul?»

«Certo, Claire,» lui le rispose, «lasciamo che Rosmunda vada a riposare. Sono sicuro che la notte sarà buona consigliera.»

«Hai forse dei problemi, mia cara?» mi chiese Claire «Altrimenti per quale motivo la notte dovrebbe portarti dei buoni consigli?»

«Sorella, sei sempre la solita! Facevo solo per dire» la zittì Paul.

Ringraziai per la gentilezza e, augurando loro la buona-notte, promisi che l'indomani avrei recuperato parte delle ore di lavoro perse quel giorno.

Mentre salivo le scale, che conducevano alle camere da letto, mi arrestai e sentii Claire dire a Paul: «Forse soffre di nostalgia; le mancheranno la sua terra e la sua gente. Che ne dici se le dessimo la possibilità di ritornare a casa, pagandole il viaggio?»

Seguì un lungo silenzio.

«Non accetterebbe mai la tua offerta» le rispose Paul, «e poi con quale coraggio le faresti affrontare un così lungo viaggio da sola?»

«Non è mica una sprovveduta!» riprese Claire «Ne ha affrontate di avversità nella sua vita e, in ogni caso, a me piange il cuore sapere che resta qui solo perché il denaro, che ha da parte, non le permette ancora di pagarsi il viag-gio; se dipendesse da lei, se ne sarebbe già and…»

«Smettila» la interruppe Paul, «non ho voglia di sentire le tue stupidaggini. Rosmunda deve restare con noi, per-ché così ho deciso.»

«Perché mi tratti in questo modo? Sei solo un egoista!»

Detto questo con rabbia, Claire si alzò da tavola e uscì dalla cucina.

Considerando la conversazione finita, raggiunsi senza ulteriori indugi la mia stanza, dove speravo di addormen-tarmi velocemente e lasciarmi alle spalle quella giornata così pesante.

Qualche ora dopo, invece, ero ancora sveglia, torturata da una miriade di quesiti, a cui non riuscivo a dare una risposta.

La cosa, che mi sconvolgeva di più, era la feroce attrazio-ne che, dopo quel bacio, provavo per Paul.

Cos'era successo di così importante tra di noi da risve-gliare la mia sensualità? Era forse colpa mia se le cose si erano spinte fino a quel punto? Baci e abbracci, dati con istinto materno, l'avevano forse fatto invaghire di me?

Lui aveva 41 anni, io 57: era un amore impossibile, che nasceva sotto una cattiva stella.

Immersa in quelle domande senza risposta, non notai che la porta della mia camera si stava lentamente aprendo.

Solo il cigolio di un listello del pavimento mi riportò alla realtà, appena in tempo per accorgermi di una figura che furtivamente sgattaiolava all'interno, richiudendosi la porta alle spalle.

«Chi va là?» dissi ad alta voce, mentre un senso di paura mi impediva di muovermi e urlare.

«Sono Paul,» rispose una calda voce nell'oscurità, «so che mi desideri, come io desidero te; non allontanarmi e lasciati andare. Se me lo permetti, ti farò conoscere le gioie del paradiso prima del tempo.»

Detto questo, lo sentii infilarsi sotto le coperte e distendersi su di me. Le sue labbra erano di nuovo sulle mie.

Mi opposi alla sua iniziativa, ma in modo davvero poco convincente, così al secondo tentativo Paul vinse la sua battaglia: ero sua e poteva finalmente possedermi.

* * *

Alle prime luci dell'alba, mi risvegliai fra le braccia di Paul.

Stavo bene e in quel caldo abbraccio mi sentivo al sicuro da ogni pericolo.

Restai a lungo in quella posizione, ascoltando in silenzio il suo respiro e annusando il profumo della sua pelle.

Neanche il suo fisico era più quello di un ventenne, ma restava comunque sodo e possente, proprio come quella notte aveva dimostrato.

Stavo quasi per riaddormentarmi, coccolata da quelle calde membra, quando all'improvviso la porta della mia stanza si spalancò e Claire, con un vassoio tra le mani, fece il suo ingresso trionfale, sperando di trovarmi completamente rimessa.

Quello che le si parò davanti, invece, non le fu particolarmente gradito, soprattutto a giudicare dal modo in cui lasciò cadere rovinosamente il vassoio a terra.

Tutto quel frastuono svegliò Paul, che con uno scatto fu prontamente fuori dal letto.

Velenosa come una vipera, Claire uscì dalla stanza, lanciandomi un'occhiata di odio e rabbia.

Prima che anche Paul scappasse come un ladro e senza dire una parola, ebbi il tempo di fissare bene il suo corpo nudo e di constatare quanto stupidamente mi fossi comportata accettando le sue lusinghe e cedendo ai piaceri della carne.

Sentivo di aver tradito Claire e di aver perso la sua fiducia per sempre, ma non potevo non tentare una riconciliazione.

Mi vestii velocemente e scesi in cucina, dove regnava un'atmosfera molto pesante.

Cercai di attirare l'attenzione di Claire con qualche colpetto di tosse, restando in piedi sulla porta, ma lei continuava a restare seduta, ignorandomi e dandomi le spalle.

Alla fine si decise e ruppe il silenzio.

«Ti ho accolta in questa casa come una sorella, anzi come la madre che non ho mai avuto. Hai stregato mio fratello chissà con quali intenzioni. Alla Torre hanno commesso un grave errore permettendoti di tornare in libertà. Quelle come te devono bruciare all'inferno per l'eternità. Raccogli le tue cose e vattene da questa onorata dimora, in cui lo stile di vita è molto diverso da quello a cui evidentemente tu sei abituata. Sparisci e lasciaci in pace.»

Nessuna parola mi usciva in quel momento dalla bocca.

Il senso di colpa, la disperazione e la miserabilità della mia condizione mi facevano sentire subdola e infima, proprio come Claire aveva detto.

Mentre copiosi lacrimoni mi rigavano il viso, uscii dalla cucina e ritornai nella mia stanza, dove frettolosamente raccolsi le mie poche cose, continuando a maledire la mia fragilità e la mia stoltezza.

Dov'era Paul in quel momento?

Perché non era sceso al mio fianco, tentando di addolcire la sorella, spiegandole come fossero andate davvero le cose?

Come avevo potuto essere così sciocca da pensare che lui mi amasse veramente?

Chissà dove si era nascosto quel codardo? Da qualche parte in attesa di rientrare solo quando io me ne fossi già andata e Claire avesse smaltito la sua rabbia? Che omuncolo! Che ipocrita!

Uscii mestamente da quella stanza, guardando per l'ultima volta quanto per stupidità avevo perso.

Scesi velocemente le scale e, passando davanti alla cucina, vidi che Claire stava ancora seduta nella stessa posizione, in cui l'avevo lasciata.

Esitai per qualche istante indecisa se andare da lei o meno, ma alla fine vinse la mia codardia.

Temevo che avvicinandomi avrei potuto incrociare di nuovo quello sguardo pieno di odio e rabbia.

Uscii definitivamente da quella casa in silenzio e con il cuore a pezzi.

Era l'8 giugno 1536.

Sulla strada erano ancora evidenti le tracce dei festeggiamenti reali del giorno prima: petali, bandierine di carta con le insegne del re, ghirlande di fiori e molte altre cose ancora, a cui non prestai attenzione.

Vagai a lungo, sperando che una spossante camminata avrebbe potuto curare il mio animo ferito.

A quel punto, non mi restava davvero altra soluzione se non tornare definitivamente alle origini, cioè a San Mauretto.

Là ero nata e là volevo morire e lasciare le mie ossa, in quel piccolo lembo di terra, in cui senza memoria riposano tutti i miei cari.

Decisa la meta, non mi restava quindi che procurarmi i mezzi, che mi avrebbero consentito di ritornare a casa.

Continuando a camminare, raggiunsi il molo, dove chiesi ad un barcaiolo quanto mi sarebbe costato il tragitto da Londra a Dover e se conoscesse qualcuno disposto ad accettare un pagamento in natura.

Mi rispose che probabilmente quello era il mio giorno fortunato, perché stava proprio cercando qualcuno che lo aiutasse a pulire un po' la barca, che nel pomeriggio avrebbe navigato fino a Dover.

Mi misi subito all'opera, mentre il barcaiolo se ne andò per occuparsi di alcune questioni urgenti, promettendomi che sarebbe tornato entro un paio d'ore.

Dopo un po', stavo energicamente battendo con un bastone una logora e polverosa coperta, che il barcaiolo usava come tiepido riparo durante la notte, quando notai alle mie spalle uno strano movimento.

Girandomi di scatto, mi ritrovai a quattr'occhi con colui che avevo giurato e imposto a me stessa di dimenticare, anche se sapevo che mi sarebbe stato impossibile: Paul Grant.

Una vampata di calore attraversò velocemente tutto il mio corpo, impedendomi per l'ennesima volta qualsiasi reazione.

Fu Paul a rompere il silenzio: «Amore mio, sono qui per farti una proposta. Se l'accetterai sarò l'uomo più felice del mondo, altrimenti senza aggiungere altro me ne andrò, lasciando che il destino decida le sorti della nostra storia.»

Ci fu qualche minuto di silenzio, durante i quali continuammo a guardarci intensamente, facendomi capire che qualsiasi cosa avessi deciso lui sarebbe rimasto per sempre nel mio cuore.

Paul riprese, quindi, a parlare: «Mi piacerebbe partire con te. È da questa mattina che ti seguo; sarebbe stato inutile spiegare a Claire le nostre ragioni. Ti amo da morire e, se tu me lo permetti, sono pronto a ricominciare una nuova vita con te lontano da qui.»

Ci guardammo di nuovo a lungo negli occhi.

Tutto in lui mi sconvolgeva; mi rendevo conto che senza di lui nulla avrebbe avuto più senso, forma, colore e sapore; mi sentivo anche pronta a morire per lui. Stavo ardendo dal desiderio di ritornare fra le sue braccia, quando involontariamente dalla mia bocca uscirono le fatidiche ma ragionevoli parole: «No, non voglio che tu venga con me.»

L'espressione, che improvvisamente si dipinse sul suo volto, era un misto di orgoglio ferito e stupore. Era davvero così convinto che sarei caduta ai suoi piedi come una femminuccia svenevole?

Stavo invecchiando e in quel momento non desideravo altro che un po' di pace e serenità. Libera da qualsiasi vincolo o costrizione.

Mantenendo la parola data, Paul si allontanò in silenzio e con gli occhi lucidi.

Continuai a seguirlo con lo sguardo, fino a quando non si confuse completamente tra la gente.

Quella fu l'ultima volta in cui vidi Paul, l'unico uomo che mi aveva fatto battere il cuore d'amore e fugacemente conoscere i piaceri della carne. Con William, il padre di mio figlio, era stata decisamente un'altra storia.

* * *

L'indomani, quando mi svegliai, eravamo già giunti a Dover.

Aprendo gli occhi, dedicai il mio primo pensiero a Paul.

Mi mancava, ardevo dal desiderio, ma restavo convinta di aver preso la decisione migliore. Pensare alla sua delusione mi faceva male, ma in cuor mio sapevo che non avrebbe impiegato molto tempo a consolarsi. Lontana dai suoi occhi, sarei stata anche lontana dal suo cuore; lui dal mio, invece, non se ne sarebbe mai più andato.

Mettendomi a sedere, mi resi conto che non c'era una parte del corpo che non mi facesse male. Sfortunatamente la posizione scomoda, in cui avevo dormito quella notte, aveva ulteriormente massacrato le mie vecchie membra.

«Ben svegliata, Rosmunda,» mi disse il barcaiolo, «temevo che avessi deciso di dormire per l'intera giornata.»

«Perdonatemi» dissi imbarazzata, mettendomi subito in piedi.

«Tranquilla, stavo solo scherzando» disse, ridendo sonoramente. «Poco fa ho parlato di te con un mio amico. Fra un paio d'ore la sua imbarcazione salperà alla volta di Calais; se ti sbrighi, sarà felicissimo di averti a bordo.»

Non gli risposi, ma con un salto gli fui vicina per abbracciarlo e ringraziarlo.

«Vedi quell'imbarcazione rossa laggiù?»

«Sì.»

«Là troverai il mio amico Steve; digli solo chi sei ché lui sa già tutto.»

«Grazie, grazie, grazie,» fu tutto ciò che riuscii a dirgli, prima di raccogliere il mio fagotto e andarmene.

Corsi felice, come una bambina su un campo di margherite; quel rosso natante mi avrebbe avvicinato a casa, anche se ciò significava anche allontanarsi da Paul.

Era una sensazione strana quella di riscoprirmi finalmente felice dopo tanto tempo, mentre mi sembrava che una lama arroventata mi squarciasse le viscere.

* * *

Steve era un uomo sulla quarantina.

Nato e vissuto su quella barca, per lui il mare era tutto. In più occasioni, durante la traversata, lo definì la sua famiglia.

Fu subito molto schietto e diretto con me: ero sua ospite e per questo ero esonerata da qualsiasi mansione, ma per tutto ciò dovevo essere grata unicamente al suo amico barcaiolo, che tanto aveva insistito perché accettasse di avermi a bordo.

«Se avessi incontrato me al suo posto,» mi disse solo dopo pochi minuti dal nostro primo incontro, «saresti un po' più sottomessa e umile.»

«Spero di non avervi mancato di rispetto in alcun modo,» replicai, sconcertata da tanta inopportuna franchezza, «ma ritengo un po' troppo dure le vostre parole.»

«Non recitare la parte della vittima con me,» mi zittì. «Cosa dovrei pensare di una donna come te, che già avanti negli anni viaggia da sola, impavida e sprezzante del pericolo, senza neanche l'ombra di un uomo, che vigili sul suo operato?»

«Da sola,» mi difesi, «lo sono per costrizione; vorrei tanto essere tranquillamente a casa mia, circondata dalle cose che mi sono più care, anziché subire le prepotenze di voi uomini e dormire in una barca infestata da topi e ragni.»

«Scommetto,» riprese, «che sei zitella. Si vede lontano un miglio che non hai avuto un uomo che ti abbia raddrizzato e strigliato a dovere. Comunque ormai c'è poco da fare: sei troppo vecchia per sperare di domarti. Sistemati pure dove vuoi e cerca di non essere troppo seccante durante il viaggio.»

«Non preoccupatevi per questo,» conclusi furiosa, «so stare al mio posto.»

Nella tarda serata di quel caldo 9 giugno 1536, l'imbarcazione di Steve si staccò dalla costa inglese e prese il largo.

Guardavo silenziosa e malinconica quella terra, che di momento in momento si faceva sempre più lontana e in cui lasciavo una parte importante di me stessa.

Non ho mai più rivisto l'Inghilterra, se non nei miei sogni.

Avvistammo Calais alle prime luci dell'alba del giorno successivo.

Mi sembrava di ripercorrere la mia vita a ritroso, anche se appesantita da nuove pene.

Paul era una di queste.

In quel momento, lontana da lui, mi sentivo vuota e mutilata. Avvertivo con rabbia e gelosia che la sua vita sarebbe continuata anche senza di me e che forse le sue parole – le sue belle parole d'amore – altro non erano che un atto di pietà nei miei confronti. Ma, dopotutto, a quale diritto mi stavo appellando per pretendere che lui mi avesse amata veramente? Come avevo potuto solo lontanamente immaginare che stesse facendo sul serio?

Elogiavo la scelta e assaporavo la mia libertà.

Non avevo più il mio Paul, ma avevo di nuovo la mia dignità e la mia coerenza.

Mi sentivo tradita e ridicola, pensando che lui fosse chissà dove a piangere la mia partenza, quando invece la ragione mi suggeriva che il mio nome per lui non significava già più alcunché.

Lontana da lui sarei rinata e avrei riacquistato finalmente il rispetto di me stessa.

Persa in quei pensieri, non mi accorsi del gran trambusto, che si era venuto a creare attorno a me: stavamo per attraccare a Calais.

Una volta a terra, ringraziai lo scontroso Steve per avermi ospitata nella sua barca e non persi l'ultima occasione per ricordargli quanto fosse ingiusto ciò che mi aveva detto il giorno prima.

Mi salutò in modo accigliato e, tornando sottocoperta, brontolò qualcosa che non riuscii a capire.

Voltandomi verso la città, mi accorsi di una piccola chiesa poco distante, così decisi di cominciare quella giornata, alimentando per prima la mia anima.

Pregando l'Altissimo, speravo anche di avere da Lui un'illuminazione sul prosieguo del viaggio.

Appena giunsi sul sagrato, la mia attenzione fu attirata dalla tozza figura di un vecchio monaco, intento a sellare goffamente un asino.

Non furono i suoi buffi gesti ad incuriosirmi, ma la sua parlata, che riconoscevo essere italica.

Mi avvicinai a lui, azzardando un saluto, al quale rispose con molta cortesia.

«Padre, posso esservi d'aiuto?» Gli dissi, mettendomi a sua disposizione.

«Figliola, che brutta cosa è la vecchiaia,» rispose ansimante a causa degli sforzi fatti, ma sorridente. «Viaggiare solo alla mia età è davvero difficile. Di questo passo non arriverò mai a Roma.»

A quelle parole, il mio sguardo si illuminò e subito gli proposi di essere compagni di viaggio per una buona parte del nostro percorso.

Accettò immediatamente la mia offerta ed entrambi ringraziammo Dio del fortunato incontro.

* * *

Fra' Giacomo da Vicalvi aveva 67 anni ed era diretto alla corte papale romana per riferire al pontefice gli ultimi avvenimenti religiosi accaduti nella protestante Inghilterra.

In un momento, in cui era in vena di confidenze, mi spiegò cosa avesse significato per la Chiesa cattolica perdere la supremazia religiosa sulle isole britanniche.

«Re Henry crede di poter declassare la figura del Santo Padre, ritenendosi capo unico e supremo della Chiesa anglicana. Tutto questo solo per ripicca! Poiché il Papa gli ha negato l'annullamento del suo primo matrimonio con la Regina Caterina d'Aragona, figlia dei compianti sovrani cattolici Ferdinando e Isabella di Spagna, lui ha ben pensato di ottenere da solo ciò che chi è al di sopra di lui gli ha negato. Non pago,» continuò fra' Giacomo, «ha anche deciso di estirpare il Cattolicesimo dal suo regno, dissolvendo una miriade di venerandi monasteri e incamerandone tutti i beni, ma non ha fatto i conti con il suo popolo, in cui la vera fede è saldamente radicata fin dai tempi del santissimo Agostino. Che Re idiota! I suoi sudditi lo odiano e, per avere salva la pelle, sono costretti a sottomettersi ai suoi capricci.»

Durante il nostro viaggio di rientro, fra' Giacomo mi ripetette più volte la storia dello scisma anglicano, ma io preferii non rivelargli che tra me e la tanto odiata seconda moglie del Re d'Inghilterra era nato un legame indissolubile di amicizia, affetto e stima reciproca.

Ciò che aveva unito me e Anne era qualcosa di puro e sacro; non volevo che uno sconosciuto si permettesse di esprimere dei giudizi.

Finsi indifferenza di fronte alle offese che fra' Giacomo rivolgeva non solo al re, ma anche ad Anne, sempre da lui additata come la causa principale di quella situazione.

A parte questo, devo ammettere che quella di fra' Giacomo fu un'ottima compagnia, ma giunti alle porte della città di Biella le nostre strade dovettero dividersi.

Ci salutammo affettuosamente, ringraziandoci a vicenda per il conforto e l'aiuto reciproco.

* * *

Nell'ultimo tratto del mio viaggio, il Cielo continuò ad assistermi.

A Biella conobbi un mercante, che molto generosamente mi offrì un passaggio a bordo della sua carrozza, visto che il giorno successivo sarebbe partito alla volta di Venezia.

Non raggiunsi con lui la laguna, ma ci separammo a Mestre: lui avrebbe proseguito l'ultimo tratto del suo viaggio via fiume sul Canal Salso; io, invece, avrei continuato a piedi fino a casa, calcolando di dover passare due o tre notti in ricoveri di fortuna prima del mio arrivo a San Mauretto.

Arrivai a Portogruaro nel tardo pomeriggio di due giorni dopo: era il 16 agosto 1536.

Il cielo era plumbeo e minaccioso; entro breve si sarebbe scatenato un violento temporale.

Appena fuori le mura, riuscii a trovare riparo per la notte in una vecchia stalla, in cui non c'erano animali, ma abbastanza paglia per ricavarne un comodissimo giaciglio.

L'indomani mi svegliai di buon'ora e con tanta energia; mangiai con gusto un tozzo di pane raffermo, che avevo con me, e mi dissetai in una roggia, che scorreva nei pressi della stalla.

Il profumo della mia terra mi infondeva una forza e una vitalità, che da tempo non provavo più, e mi faceva apparire meravigliosa ogni cosa attorno a me.

Calcolai che prima di mezzogiorno sarei giunta a San Mauretto.

Fu una lunga e bella passeggiata, ma per me era molto di più, perché rappresentava il mio ritorno alle origini, al luogo in cui tutto era cominciato molti anni prima.

Vedevo scorrere davanti ai miei occhi immagini di posti conosciuti, che dopo tanti anni non avevano ancora mutato le loro caratteristiche.

Ad un certo punto, però, la commozione e la gioia divennero incontenibili, perché mi accorsi che i tetti, che vedevo in lontananza, erano quelli della mia borgata.

Fu in quell'istante che le mie vecchie gambe cominciarono a correre come quelle di una ragazzina e i miei occhi, traboccanti di lacrime, a rendermi tutto più offuscato e impreciso, anche se in quei luoghi potevo permettermi il lusso di avanzare ad occhi chiusi.

Giunsi, infine, a San Mauretto. Alla mia destra c'era la chiesa e, allungando di poco lo sguardo, il grande portone del convento, in cui tanti anni prima William aveva preteso di prendermi in moglie contro la mia volontà. Attorno ad essi, tutte le case del paese.

Continuavo a piangere per la gioia, che sentivo aumentare nel mio petto, e a guardare divertita le persone, che incuriosite dal mio strano comportamento mi si erano accalcate tutt'intorno.

Alla fine, ricomponendomi, riuscii a spiegare che ero una paesana e che avevo lasciato San Mauretto molti anni prima alla ricerca di una vita migliore.

Dopo tutti quegli anni, a stento riuscivo ancora a parlare il mio vecchio dialetto, ma quanto fui in grado di dire sembrò soddisfare un po' tutti.

Nel raccontarmi, non feci volutamente mai riferimento alla mia nomea di strega e a mia nonna Caterina, della quale forse pochissimi, se non nessuno, conservavano memoria, preferendo per quel momento non risvegliare vecchie e stupide dicerie.

Mi congedai dai paesani, che continuavano a guardarmi con curiosità e un po' di diffidenza, con l'intento di andare a recitare una preghiera di ringraziamento per la felice conclusione del mio viaggio al capitello, che ricordavo essere stato costruito sulle macerie della mia vecchia casa, che per il paese, dopo la mia partenza, era diventata simbolo del demonio.

Erano passati poco più di vent'anni, da quando avevo visto per la prima volta quella costruzione, ma lo stato di abbandono, in cui la trovai, mi faceva pensare che in brevissimo tempo sarebbe crollata.

Quel pensiero mi infuse un po' di ottimismo in più: l'incuria di quell'edicola sacra significava che, con il passare degli anni, la gente aveva dimenticato cosa rappresentasse e per quale motivo fosse stata eretta.

Mentre riflettevo su quei particolari, mi accorsi che altra gente o forse la stessa di prima si era allineata alle mie spalle, ancora molto incuriosita dalla mia presenza.

Mi girai improvvisamente verso di loro e dissi: «Cari amici, sareste così gentili da indicarmi un posto, in cui io possa prendere fissa dimora senza arrecare alcun disturbo?»

Seguì un lungo silenzio, fino a quando un vecchio, forse il più anziano del gruppo, lo ruppe dicendo: «Ieri pomeriggio abbiamo dato l'estremo saluto alla vecchia Teresa, che abitava in quella casetta; non aveva parenti al mondo e nessuno rivendicherà i suoi averi. Se vuoi, puoi sistemarti lì.»

Le altre persone annuirono con la testa, facendomi capire che sarei stata la benvenuta.

«Adesso tornate alle vostre occupazioni; la festa per oggi è finita.» disse il vecchio, rivolto ai paesani; poi voltandosi verso di me, aggiunse a bassa voce: «Bentornata, Rosmunda.»

Spalancai gli occhi, incredula che qualcuno avesse potuto riconoscere in una vecchia la ragazzina che ero stata oltre quarant'anni prima. Ma quell'uomo non era uno sconosciuto: era Michele, il migliore amico di mio padre, e dall'alto dei suoi 82 anni, oltre ad essere il decano della borgata, era uno dei pochi – se non l'unico – che potesse avere memoria di me e della mia famiglia.

* * *

Mi sistemai nella casetta della defunta con il benestare di tutta la comunità, apportando alcune modifiche per renderla più adatta alle mie necessità.

Con il passare dei giorni, la mia felicità andò progressivamente aumentando e mi convinsi di aver fatto la scelta giusta.

Ancora oggi mi capita spesso di chiedermi se, accettando il generoso lascito milanese di Lady Charlotte, sarei mai riuscita ad assaporare la stessa felicità.

Non so rispondere a questa domanda, ma il forte senso di appartenenza, che mi lega alla mia terra, non mi permette di rimpiangere la lontananza da altri luoghi.

Sostenuta da una fede incrollabile e con la consapevolezza di aver vissuto una vita straordinaria, ho ancora la forza a 101 anni, compiuti ieri, di guardare avanti con fiducia, coraggio e soprattutto tanta serenità.

Rosmunda
15 maggio 1580

Nonna Caterina, William,
Apollonia, Amadio, Alice, Guglielmo,
Lady Charlotte,
Don Rosario, Anne Regina, Paul———

Epilogo
31 maggio 2006

Quando alzò gli occhi da quelle vecchie pagine manoscritte, Alvise si accorse che le sue guance erano rigate dalle lacrime.

Sistemò con cura l'ultimo foglio, che ancora teneva in mano, e strinse a sé quelle carte ingiallite e il libro, che aveva trovato con esse e che ora sapeva essere appartenuto ad Anne Boleyn, forse nell'illusorio tentativo di trattenere Rosmunda ancora per un po'.

Alvise avvertiva che Rosmunda aveva mutato qualcosa nel suo cuore: era diventata la sua eroina, un simbolo di forza e tenacia, appartenuto ad un'epoca in cui le donne non parlavano di femminismo o pari opportunità, ma lottavano ~~comunque~~ per la loro emancipazione con determinazione.

Il giorno successivo, Alvise andò dal prete di San Giorgio al Tagliamento, parrocchia a cui appartiene la borgata di San Mauretto, per chiedergli di poter consultare i registri anagrafici antichi.

Dall'imponente armadio dello studio del parroco, Alvise estrasse un poderoso volume, sul cui dorso c'era scritto *Liber defunctorum 1576 – 1603*.

Sfogliò velocemente le prime pagine, sapendo che fra quei nomi non poteva esserci quello di Rosmunda.

Per certo, avendo datato il suo manoscritto, era vissuta almeno fino al 15 maggio 1580.

Alvise continuava a girare le pagine del registro, quando all'improvviso lesse:

16 maggio 1580

Rosmunda filia del quondam Marco ▓▓▓▓▓ morse ieri per vecchiezza nelle case di San Mauretto senza li Santissimi Sacramenti per essere morta all'improvviso et hodie fu sepolta nel cemiterio di quella borgata.

Rosmunda era dunque morta lo stesso giorno, in cui aveva completato di scrivere le sue memorie.

Una vistosa macchia di inchiostro sul suo atto di morte impedì ad Alvise di leggere il suo cognome, ma c'era una cosa che lo assillava maggiormente: perché sull'ultima pagina del manoscritto Rosmunda aveva scritto quei nomi? Voleva forse ricordare per l'ultima volta coloro a cui aveva voluto più bene in vita e dedicare a loro quelle memorie?

Alvise si rese conto che niente e nessuno avrebbero potuto soddisfare quelle sue curiosità. Allora, impotente di fronte all'evidenza dei fatti, nella sua mente immaginò gli ultimi istanti di vita di Rosmunda: la vide intenta a scrivere l'ultimo nome e accasciarsi lentamente sui quei fogli, a cui aveva consegnato la testimonianza del suo passaggio su questa Terra, lasciando che lo stilo allungasse quell'ultima lettera oltre il margine della pagina, prima di scivolare con lei nell'oblio della morte.

Elenco in ordine di apparizione dei personaggi storici citati in questo romanzo

- ❖   Henry VIII Tudor, re d'Inghilterra (1491 - 1547)
- ❖   Geoffrey Chaucer (1340 ca. - 1400)
- ❖   Lancillotto Mauruzzi (post 1454 - post 1503)
- ❖   Vittoria Mauruzzi (fine XV sec. - XVI sec.)
- ❖   Bartolomea Mauruzzi (fine XV sec. - XVI sec.)
- ❖   Gaspare degli Obizzi († 1541)
- ❖   Beatrice Pia di Savoia degli Obizzi († post 1541)
- ❖   Nicholas Lewknor (1430 ca. - 1473)
- ❖   Elizabeth Radmylde Lewknor (1428 - 1495)
- ❖   Thomas Lewknor (1392 - 1452)
- ❖   Elizabeth de Etchingham (1394 - 1464)
- ❖   Dante Alighieri (1265 - 1321)
- ❖   Amerigo Vespucci (1454 - 1512)
- ❖   Isabella di Castiglia, regina di Spagna (1451 - 1504)
- ❖   Ferdinando d'Aragona, re di Spagna (1452 - 1516)
- ❖   Caterina d'Aragona, regina d'Inghilterra (1485 - 1536)
- ❖   Anne Boleyn, regina d'Inghilterra (1500 ca. – 1536)
- ❖   Elizabeth Howard Boleyn (1480 ca. - 1538)
- ❖   Edward I Plantageneto, re d'Inghilterra (1239 - 1307)
- ❖   Thomas Boleyn, conte di Wiltshire (1477 - 1539)
- ❖   Mary Tudor, regina consorte di Francia (1496 - 1533)
- ❖   Claudia di Valois-Orléans, regina di Francia (1499 - 1524)
- ❖   Arthur Tudor, principe del Galles (1486 - 1502)
- ❖   Anne Boleyn Shelton, contessa di Wiltshire (1475 - 1556)
- ❖   Mary Scrope Kingston (pre 1485 - 1548)

- ❖ Margaret Dymoke Coffin (1500 ca. - ?)
- ❖ Elizabeth Chamber Stonor, baronessa di St. John of Bletso († post 1602)
- ❖ Thomas Cranmer, arcivescovo di Canterbury (1489 – 1556)
- ❖ George Boleyn, visconte di Rochford (1503 ca. - 1536)
- ❖ Jane Seymour, Regina d'Inghilterra (1508 - 1537)

Indice

In copertina: illustrazione di Anthony Weird Drawings